青颈鸟传奇

〔清〕达普巴·洛桑登白坚赞 著
觉乃·云才让 译

西藏藏文古籍出版社

《青颈鸟传奇》汉译版导读

《青颈鸟传奇》在藏区是家喻户晓的经典文学名著，作者通过高超的艺术手法塑造了典型人物：青颈鸟。青颈鸟这个人物虽然是虚构的角色，但是在藏族文学史上却有着非常显赫的地位，可以同格萨尔王、超同、米拉热巴、桑佳珠姆等艺术形象媲美，并且《青颈鸟传奇》以动天地、泣鬼神的故事情节和艺术感染力，使无数人为之感动。因此，《青颈鸟传奇》不仅在藏区有着广泛的影响，而且在将藏传佛教作为主要信仰的我国内蒙古地区及蒙古国、中亚国家也深受欢迎。苏联作家德丽艾斯·穆萨热巴撰写的《青颈鸟传奇及其在中亚的传播》（“The Tale of the Moon Cuckoo” by Stagphuba Blo-bzang-bstan-pa'i-rgyal-mtshan and Its Spread in Central Asia）一文颇有影响（这篇论文收录于由挪威人类文化比较研究出版社出版的《人类文化比较研究》一书第 580 到 585 页）。作者用比较翔实的资料阐述了藏族古典寓言小说《青颈鸟传奇》在中亚诸国，特别是在蒙古族生活地区的传播情况。若不是笔者孤陋寡闻，该小说除了十九世纪中叶蒙古高僧丹赞拉布杰翻译的蒙古文版本之外，至今应该未曾有过其他语种的版本，因此本书算是汉文首译，不过在尚没有讨论翻译本书的初衷和遇到的一些问题之前，有必要对小说《青颈鸟传奇》的原著作者、故事梗概、思想寓意等做个介绍。

一

藏族古典寓言小说《青颈鸟传奇》的作者是达普巴·洛桑登白坚赞，他于藏历第十二饶迥木马年（公元 1714 年）出生在西藏娘布保甲（今工布江达县桃保果村）。五岁时，师从多杰尖参，学习藏文的读写。十三岁时，被认定为达普巴昂旺曲扎的转世灵童。十六岁时，于下密院堪布昂旺曲旦前往多麦慧远（尕则）寺担任七世达赖喇嘛格桑嘉措经师的途中，接受剃度出家。二十七岁时，参与祈愿法会巡回辩论，并且在七世达赖喇嘛格桑嘉措以及根本上师大成就者加华加措门下学习各种经论和法典。三十岁时，在七世达赖喇嘛格桑嘉措前受近圆戒，同年回到那薛热旦寺广转显密宗的法轮。三十六岁时，闭关修行。四十岁时，赴哲邦寺讲经布道。四十六岁时，为了瞻仰七世达赖喇嘛格桑嘉措的舍利金塔，回到拉萨，期间整理了七世达赖喇嘛的教言和著作。

那么《青颈鸟传奇》的内容是什么呢？玛肖噶国王的公主抛绣球嫁给拉囊多旦国王之后，该国福禄日增，权势显赫。加之国王和王后笃信佛法，善行施舍，集人间所有美德于一身，因此被国民拥戴，奉为楷模。国王也有一众忠臣辅佐，国家可谓国泰民安，蒸蒸日上。但是好景不长，王子长大后，千户严谢通过阴谋，将益西增等三位忠臣驱逐流放，让自己的儿子蓝嘎阿尼当了王子的陪臣。此举给国家安宁祥和的局面，埋下了一颗黑色和不安的种子。这颗种子，在王子和蓝嘎阿尼偶遇一位会“换身术”的老翁，并双双习得此术之后，开始生根发芽。不久，贤良王后仙逝。这是降临到国家的又一个灾难：国王失去了爱人，王子失去了慈母，国民失去了依傍。国王为了安抚王子，为他选娶了一位貌美贤淑的王妃。两人情投意合，恩爱甚笃。但是这引起了另一位妃子的嫉妒。为了报复，她勾引蓝嘎阿尼，一同设计陷害王子。此时的国家，虽然表面上风平浪静，但实际上正在酝酿一场巨大的动荡和变革。蓝嘎阿尼将王子骗至一条河边，诱骗他和自己一起将灵魂迁至一对死去的杜鹃体内，到河对面的森林游览玩耍。王子中计后，蓝嘎阿尼飞回岸边，将自己的灵魂迁至王子体内，自己的躯壳则弃至河中。之后蓝嘎阿尼回宫，冒充王子。他打压贤臣，使国家陷入一片黑暗。而王子化身的杜鹃，因找不到自己的躯壳，被迫留在林中。但因前世因缘，他遇到神鸟和喇嘛智美华旦为其开示解脱之道，从此修得正果，此后终其一生为林中百鸟讲经布道。后来，国家的命运终于出现转机，喇嘛智美华旦让一只叫额旦的杜鹃，乘着蓝嘎阿尼不备，迁入“王子”的躯体，把“假王子的灵魂”从王子身上逐出。后来额旦继任王位，重用贤臣，治理江山，为民造福，成为一代圣君。

首先从背景上讲，作者将故事的发生地点放置在古印度六大城邦之一的瓦拉纳西这一强大富庶王国，因此故事背景显得开阔、壮观，将国家的历史和命运隐藏其中。其次，从人物角色来讲，主人公都是国王王后、王子王妃、奸臣忠臣等，展现出非同一般的气概。因为，王宫中所发生的事情，并非如一个家庭或一个集团发生的事情那样简单，它不仅关涉当政者的安危，而且关涉整个国家社稷和平民百姓的命运前途，所以不可等闲视之。再次，从故事情节上来讲，表面上是在讲王子被奸臣所害，化身杜鹃，为林中百鸟讲经布道的故事；但是，实际上从一开始，故事情节就紧紧与国家命运联系在一起，通过善与恶的斗争，反映了当时统治阶级内部争权夺利、彼此惨杀的真实情景。不过从藏族文学发展的历史来看，藏族古典文学深受印度文学的影响，很多藏族古典文学直接取材于印度佛教文学和民间文学，就《青颈鸟传奇》而言，其思想显然是受到了《佛本生记》的影响，同时受到了印度民间文学的影响。印度民间传说中，有这样一个故事："有一位国王，灵魂误入一个婆罗门死者的身躯，国王的身躯则被一个驼背人的灵魂占据了。于是这个驼背人成了国王，国王则成了那个婆罗门。后来有人引诱这个驼背人显示本领，把他的灵魂进入一个死了的鹦鹉体内，这时，那国王的灵魂便乘机重新返回了自己的体内。"（[英]J.G.弗雷泽 著，汪培基 徐育新 张泽石 译：《金枝——巫术与宗教之研究（上）》，商务印书馆，2013年，第308页）这个故事中的国王的遭遇，与《青颈鸟传奇》中的王子的遭遇，除了情节略有不同，几乎如出一辙。可见本书作者不仅受到了印度佛教的影响，同时也受到了印度民间故事的影响。

至于如何创作《青颈鸟传奇》，作者在小说的后记里说：

“自十一岁开始，故事的原貌频频出现在我的记忆里，不吐不快。同时，冥冥之中，受人托梦，只好给身边的人反复口述，承蒙噶吉益西桑布敦促我早日记录并撰写；正欲撰写之时，受到了很多生世赐恩保佑我的根本上师索南益西尊者委托，加之在噶吉益西罗桑南卓和加木央塔辛等的不断敦促下，此传记虽早已提笔撰述，但完稿却是在藏历火蛇年良辰吉日于雪域智者聚拢的中心哲蚌寺永胜刹土。”作者的创作自述虽然非常简单，但是从中我们可以发现两个重要的信息：第一，作者的创作受到索南益西等宗教上层人士的鼓励，所以该小说的创作不能等同于普通高僧的一般性创作行为，应该算是当时整个藏文文坛的一个“标志性工程”，至少引起了宗教上层人士的高度关注；第二，作者出生于公元1714年，从十一岁开始构思，直到晚年才完成整部小说的创作，因此这部小说创作的时间跨度前后用了三十年，可谓史上罕见。正是上述两个原因，奠定了这部古典寓言小说无与伦比的艺术成就和旷日持久的经典价值。

二

《青颈鸟传奇》这部小说， 可以说是一部演绎佛教哲学的喻世小说，整个故事都贯穿着诸法无常、因果报应、六道轮回、利益众生等佛教思想，作者通过小说中的悲剧人物，宣传佛教出世精神。不过在无常观念被无限夸大，成为一种精神负担的时候，就给小说中人物的命运带来了无法超越的悲剧色彩。譬如当蓝嘎阿尼诱骗王子曲吉嘎瓦到王国附近的河边，二者施法使灵魂进入两只死去的杜鹃躯体内，在彼岸的空中盘旋玩耍，分享花草野果时，蓝嘎阿尼乘着王子不备，偷偷飞回此岸，冒充王子回到宫里。青颈鸟得知后，便吟唱道："如闻获得解脱种，为人皈依渡苦海，无疑救主如来佛，顶礼正法众中主。无依无靠王子我，没有究竟解脱前，无论苦乐和好歹，全仗您赐恩典来。保佑时日今已至。父母双双如日月，大臣好比众行星，百姓如同满天星。幸福光芒普照时，度母化身之母后，各种美食哺育我，身裹绸缎不曾寒，沐浴妙法甘露中。然而整日求偏术，昼夜不停玩游戏，虚度黄金之童年。母后素来叮咛我，暇满人身难以得，人生无常如闪电，何来游玩之空闲，不如行善修佛法。然而恕我不曾听，总想年长修妙法，儿时随心可玩耍，岂料如今落难为，无明飞禽身体时，除了正法无他法，除了三宝无依靠，除了福田无享乐。游戏玩耍之所在，今日方知无意义，然而后悔已经迟……"王子的遭遇令人同情，朋友的陷害让他的人生发生了巨大转折，不但失去了高贵的身份、父母的爱护，更失去了珍贵的人身。

蓝嘎阿尼作为王子曲吉嘎瓦的陪臣，自幼与王子一起长大，二人形同手足，可他居然忘恩负义，干出大逆不道的欺君夺位的勾当，由此揭露了该人物难以自控的权利欲望和贪欲的本性，但是从佛教思想而言，其中人生无常的观念彰显得更加明晰可见。作者意图非常明显，通过小说里人物的悲剧命运来告诉人们，不管你遭遇了什么天谴，或者受到何种困扰，都须知人世无常，如同一场梦，生命短暂，如雨后的彩虹，只有潜心修行，才是逃离苦海、成就涅槃的唯一途径。这部史诗性的悲剧寓言小说，通过激烈复杂、波澜起伏的矛盾冲突，把悲剧一步步推向壮烈的高潮，使读者完成了由痛感向快感转化的情感体验过程，产生出动人心魄的悲剧美。《青颈鸟传奇》中惊心动魄的美的毁灭所产生的悲，给予人们积极的审美感受，使人思想感情得到陶冶，精神道德得以升华，也使人们从中感受到浓郁的、超乎寻常的悲剧美。

一个王子被人陷害，施以法术化身为杜鹃，本来已经非常悲惨，但是更是让人感到悲凉的是，整个被害的过程是王子最中意的陪臣蓝嘎阿尼策划和设计的，这更加重了故事的悲剧色彩。不过小说的结尾还是符合黑格尔对悲剧冲突、斗争、和解的定义。被陷害的王子飞回河边，找不到自己的躯壳，只好托身杜鹃，留在森林，历尽艰辛。不久，由于前世因果使然，得遇神鸟和喇嘛智美华旦为其开示解脱之道，从此虔心为林中百鸟讲经布道。这样一来，作者把一个个人的悲惨命运转化为一个利益众生的美学享受。王子曲吉嘎瓦被蓝嘎阿尼使用换身术变成了青颈鸟，并且在无人的森林中遭受了各种难以形容的磨难，但是“它”并没有急于回到瓦拉纳西王宫里去报复自己的仇人蓝嘎阿尼，反而为林中的百鸟讲经布道，以此度日，虽然这样的思想是因为得到了喇嘛智美华旦的引导，但是也与王子曲吉嘎瓦身上有善根有关。

从表面上看，王子曲吉嘎瓦表现出了某种萎缩和屈服的人生态度，但是从人的精神高度而言，他表现出来的何尝不是一种另类的、更加深远的“不服输和斗争”的姿态呢？由此可以看出，悲剧的力量在于激起人们对于邪恶势力的强烈憎恨，从而产生摧毁它的勇气、信心和力量。悲剧的实质是悲壮。我们在欣赏该小说的过程中，不仅为悲剧人物的苦难、不幸、死亡感到悲伤、沉痛、同情、怜悯，而且为人物的正义行为、崇高的品质、坚强的意志和反抗精神所感动。

三

作为古典寓言小说的《青颈鸟传奇》，不仅是一部宗教文学的典范，同时它也是一部反映重大历史事件的政治寓言小说。何以见得呢？根据笔者多年的研究发现，它暗喻了 18 世纪中叶影响西藏历史走向的“噶伦内讧”事件。“噶伦内讧”事件发生在七世达赖喇嘛格桑嘉措主政西藏地方政权的时期，《青颈鸟传奇》的作者达普巴·洛桑登白坚赞，一生都与七世达赖喇嘛格桑嘉措紧密联系在一起，因此当时发生的重大历史事件，即使他没有参与，也必然了如指掌，这点从“噶伦内讧”事件和《青颈鸟传奇》之间很多相似的情节上可以看出来。

首先，“噶伦内讧”事件中，在首席噶伦康济鼐和阿尔布巴、隆布鼐、扎尔鼐、颇罗鼐等人联合统治西藏的六年时间里，他们之间发生了分歧。原因是自从反击准噶尔开始，其中康济鼐和颇罗鼐两位噶伦就统治着后藏上部地区的百姓，并且他们拥有作战经验丰富的雄兵。阿尔布巴、隆布鼐和扎尔鼐三人占据着以拉萨为主的前藏地区，由于他们纵横于甘丹颇章政权的中心地，获得了前藏地区主要官员的支持，更是获得了七世达赖喇嘛父亲的暗中支持。他们一直有统一前藏和后藏的政治夙愿，可是后藏的康济鼐和颇罗鼐两位噶伦成为障碍，于是他们准备对后藏的两位噶伦实施暗杀。

我们再看《青颈鸟传奇》，在瓦拉纳西王国，以千户严谢为代表的恶臣和以亚慈为代表的法臣都形成了完全不同的政治势力，因此当亚慈的儿子益西增成为王子曲吉嘎瓦最中意的玩伴后，严谢从中作梗，设法让自己的儿子蓝嘎阿尼成为王子的陪臣，从而打破了原来的政治格局。玛德玛哈娜王后坚决不同意这一安排，达米、达玛和益西增等三法臣知晓王后的心意后，秘密聚会在达玛家里，准备对恶臣严谢等实施暗杀。这样看来，上述历史事件与书中故事之间似乎没有直接的关系，且他们的所求也不一样，但在《青颈鸟传奇》里，作者设定的人物却各有所指，例如将王后当作七世达赖喇嘛的父亲，达米、达玛、益西增等三个法臣换作首席噶伦阿尔布巴、隆布鼐、扎尔鼐，千户严谢等换作后藏的颇罗鼐等噶伦，其中是否暗藏着很多巧合和有意的布局？

其次，“噶伦内讧”事件中，西藏方面曾派人秘密进京向雍正皇帝反映诸位噶伦相互不和睦的情况。这件事情牵涉到七世达赖喇嘛的父亲，于是雍正帝接到密信后，悄悄派钦差鄂齐赴西藏调查。藏历第十二饶迥火羊年（公元1727年），卫藏噶伦之间的矛盾非常尖锐，当时的形势对阿尔布巴、隆布鼐、扎尔鼐三位噶伦有利，于是精明的颇罗鼐曾几次向七世达赖喇嘛告病假暂时回自己的庄园居住疗养，并且他多次向康济鼐发出警告，然而康济鼐并没有发现事情的严重性。这时，皇帝降旨以功赏赐康济鼐并赐水晶印玺等，同时处理西藏事务的两位大人及其随员将不久来藏。消息传到拉萨，三个前藏的噶伦决定提前暗杀两位后藏噶伦。后来，康济鼐和几名随从人员被他们杀死，同时三位噶伦又派人带兵去后藏捕杀颇罗鼐。颇罗鼐得到密信后，经过认真思考，准备举兵反击，并于土猴年（公元1728 年）五月二十六日派兵占领了拉萨全城，并且捉拿了三个前藏的噶伦。当时七世达赖喇嘛等前藏的上层人物都请求颇罗鼐留下三个噶伦的性命，但是颇罗鼐说，他只能交给中央政府处置。后来中央政府依法处置相关的责任人，达赖喇嘛、班禅大师、颇罗鼐等人请求允许第司达孜哇等人活命。但是皇帝的圣旨难违，请求没有获准，第司达孜哇、拉加热丹和噶伦扎西孜巴、噶伦阿曲等人遂被带到拉萨河堤岸背后处死，第司达孜哇之子和准噶尔僧人等部分有罪者则被押赴内地问罪。

小说《青颈鸟传奇》里三个法臣还没有实施暗杀，他们的计划就被严谢的耳目听见了，于是严谢主动来到王宫，将此事告诉国王，并诽谤三法臣，说他们要造反，而且要谋求王位，国王当时不信，但是严谢用各种手段，说服国王把三个法臣秘密逮捕了。小说中两个阵营之间虽然没有发生那么多血淋淋的争斗，但严谢如何讨伐三法臣的情节——应该是个非常重要的情节——却没有描写，作者笔锋一转，给读者展现的是三法臣游街并流放的情节。作者为何这样处理呢？因为把小说情节跟“噶伦内讧”事件之间画上等号，不是作者的初衷，再说在当时的社会背景下，作者如果这样直抒己见，自然会被当政者所不容，因此有避嫌的可能。

再次，“噶伦内讧”事件中，以七世达赖喇嘛为代表的西藏地方上层人士请求中央政府开恩，免除一些参与者的罪刑，但没有被允准，那些人都被杀头了。小说中王后、王子、额来妃子等被蒙在鼓里，不知道三法臣被游街示众，并且流放他乡，王子准备劝解父王，饶恕三法臣，但是被母后拦下来，直到第二天他才到父王面前表示不满，这一情节恐怕也是作者有意避开真实历史事件，增加虚构的成分。不过《青颈鸟传奇》里三个法臣游街的场面和《颇罗鼐传》里三个噶伦游街的场面几乎一样。《颇罗鼐传》里说：“一天，行刑时，全副武装的北京军队，有的打着红旗，穿着红衣……大家都拿着各种武器，雄赳赳气昂昂，浩浩荡荡在布达拉山背后聚集。在这中间，三个噶伦和他们的亲属，脖子上拴着铁链，被带了过来……个个剥得赤身裸体，勒着肩膀，反剪双手、像长颈鹤似的伸着脖子……铺好了垫子。一些北京的将军，坐在上面，驻藏大臣查郎阿吩咐颇罗鼐王爷及其随从都来观看。”（多卡夏仲·策仁旺杰 著，汤池安 译：《颇罗鼐传》，西藏人民出版社，2002 年，第 313–314 页）《青颈鸟传奇》里写道：“翌日，王宫的宫殿上，传来庄严的敲鼓声和威武的海螺声，人群如同海潮一样涌向街头。几个解差用麻绳把三个赤身的法臣双手捆绑在背后，如同恶犬般前拉后推，围着王宫游街。王宫门前人潮涌动，宫殿的城楼上，穿着盛装的王臣都森严就位，一个个肃穆地目睹着眼前的行刑队。”如果这里的王子和额来等暗指的是七世达赖喇嘛和噶厦政府的上层人物的话，国王暗指的必然是清王朝，因此小说《青颈鸟传奇》里反映的不仅是重大历史事件，而且层层剥开的话，其中能够嗅出噶厦政府和清朝中央政府之间微妙的关系和很多耐人寻味的政治意味。

四

藏族古典寓言小说《青颈鸟传奇》，可以算是藏族文学史上里程碑式的文学作品，在藏区受众当中有着旷日持久的影响力，可是正如上文所述，至今除了蒙古文之外，不曾有过其他语种的翻译，本书算是汉文首译，因此下面谈谈翻译本书的初衷以及相关的一些问题。

2008 年，我有幸考上四川大学道教和宗教文化研究所，开启了艰难而非常有意义的博士生涯。不过对我而言，最大的难处在于：过去写了不少不痛不痒的诗歌和小说，因此思维习惯基本属于形象思维，但是从此以后，我的形象思维要转换到逻辑思维，这种转换对我而言不是一时的阵痛，而是漫长的剧痛过程。因此，我更加明白了自己的学术处境。较长一段时间内，我一直确定不下来我未来的研究课题，后来，一次偶然的机会，导师对我说：“你把自己的爱好兴趣和专业联系起来！”于是我在惶恐不安中，将《藏族古典寓言小说研究》作为我的博士论文题目，交给了所里。开题报告顺利通过，而且几个评委对我论文的选题给予了充分的肯定。从 2010 年 9 月开始，在将近半年的时间内，我奔赴藏区大小寺庙、各大院校、研究机构、图书馆、地方志办等地整理和搜集资料，并且从浩如烟海的藏族文学著作当中寻找有关藏族寓言小说的文本，目前已经搜集到有目录的上百余种，有文本的四五十篇。对全部藏族古典寓言小说而言，也许这只是冰山一角。我最后选择了其中十三篇最具代表性的古典寓言小说作为研究对象，而这十三篇古典寓言小说的原著字数高达六七十万字，因此起初只想摘译一部分，但是论文从构思阶段进入创作阶段后，没有足够的参考资料，光靠摘译，论文的进度磕磕碰碰，难以继续。无奈之下，决定把十三篇古典寓言小说的藏文文本全部翻译成汉文。翻译这些作品的时候，虽然遇到很多问题，比如有些作品的内容重复，里面有大量的格律诗；有些作品里有生涩的古藏文词语及方言俚语，这些都对我的翻译能力和技巧带来了一定的挑战，但是这些都是次要的，最大的挑战是部分古典寓言小说里面涉及大量藏传佛教的深奥哲学思想和显、密宗的教义，这些对于没有经过系统学习和钻研过藏传佛教理论知识的我而言，可谓难如登天。因此，我不得不翻阅大量的藏传佛教经典。当然，从另一方面讲，这十三篇古典寓言小说的翻译，何尝不是我向经典致敬，向经典学习的一次尝试？

话说回来，《青颈鸟传奇》作为这十三篇古典寓言小说里最重要的，也是唯一的长篇小说，其中所囊括的深邃思想绝不是一般古典寓言小说所能够承载的，可以说这部小说就是藏传佛教知识的百科全书，因此我耗时一年多，反复阅读原著，逐字逐句推敲其原意和暗含的内容。翻译的过程可谓非常艰难，不过翻译过程中,也发生了很多有趣的故事,就不在这里赘述了。

该小说共有九章，其中第九章虽然篇幅不长，但是分量很重，这一章开头，青颈鸟完成使命，即将驾鹤西去时，班智达迪纳米蒂道：“我的上师青颈鸟啊！您的本生记非常奇妙，可以让轮回中的众生产生出离心。远古娑婆世界初具雏形时，鸟类和众畜生都能说人言，并且可以接受妙法，而今浊世，已经很难如此，故此我想把您的本生记记录在案，让后人传阅，请您恩准！”青颈鸟道：“智者啊！请听我，你能如此，当然甚好。然而喇嘛智美华旦曾预言曰，他将频繁投胎至北方雪域。尤其从今几百年后，藏地将诞生他的一个化身，此人聪明过人，心怀大志，善于纵横，其名为桑杰桑布。源于今世祈愿和受喇嘛智美华旦的加持，届时我的本生记，频频浮现在此人的脑海里。他用生动详实的文字记录下来，教化他人，从而为众生的出离心和究竟解脱成就卓越的功业。若因各种缘由，此人未能记录。若干世以后，有个名为罗智桑布或者达普瓦尖参的，其人本性贤善，能记忆往世，同样受到尊者的恩典和加持，将我的本生记用文字记录下来。此文，将不会趋于繁琐，亦不会拘泥于简约。就篇幅而言，不多不少，中等分量，对于众生的利乐而言，也有中等贡献。若因各种缘由，此人未能记录我的本生记，一世以后，有个名为热纳的本性凶煞、多行不义的人，和以往为瓦拉纳西国王子妃色桑玛、如今成为瑜伽空行母的向曲桑姆，她投胎为一个名为索南的女儿身，二人同样受到尊者的恩典和加持，二者商议后，将我的本生记用文字记录下来。此文将非常简略，只对少数众生略有益处。故此，如今我的本生记不适合用文字记录。”班智达迪纳米蒂闻后，惊叹之余，深感殊胜。于是祈愿数世以后，能亲眼目睹尊者的本生记，并受其加持。随后林中的禽兽都纷纷祈愿，来世投胎雪域，闻见青颈鸟的本生记。

当我翻译上面这段内容时，正好是某天凌晨一点左右，我坐在成都火车南站附近某个临时租用的小区寒舍里，喧嚣的城市安静下来，但是车流和附近工地传来的噪音，不断回响在我的耳畔。我坐在电脑前，一会儿看原著，一会儿把一个个方块汉字录入电脑里，我的思绪万千，不能自拔。因为我对《青颈鸟传奇》有着特殊的记忆。小时候从姑妈那儿听到这个故事，她如同亲临现场一样，把故事讲得绘声绘色，让人百听不厌。我从来没有怀疑过青颈鸟的真实存在，后来我才知道，原来这个故事是大约两百年前一位高僧大德虚构的，而这也使《青颈鸟传奇》在我心里那种神圣不可侵犯的地位有些动摇，但是我时刻感受到这部小说有某种神秘的力量。作者在小说里借用虚构的人物，对青颈鸟传奇的书写做出三种预判，从目前的篇幅看来，这一伟大的书写者显然成为作者本人。看到这一情节，我有一种意料之外、情理之中、时空错乱又合乎逻辑的陌生感，但是这种陌生感，透过熟悉的故事情节展现出来时，这何尝不是作者对自己这部作品怀有的某种复杂的情感和难以确定的期许呢？于是我想，我作为汉文版的翻译者，虽然没有在作者预言的三个名单里，但我的这一翻译之作，究竟会成为桑杰桑布笔下的“扛鼎杰作”，还是达普瓦尖参心中的“本色再现”，抑或分别代表善恶的索南和热纳联合书写的“雕虫小技”？确实不好判断。也罢，不过好在作者说：“无论我的本生记是何种版本，若能修菩提果，炼出离心，哪怕心生微小的信力，都等同于我的祈愿，将获得喇嘛智美华旦师徒和圣母的垂怜加持。同样抄录、传阅和念思我的本生记，不仅成就殊胜利乐，并且将获得我的祈愿和保佑。”因此，无论处于宣扬佛教出世精神的目的，还是经典文学作品发扬光大的需要，本人在翻译这部小说的过程中，怀着崇高的心情和谨慎的态度，对待每个字句、每个段落，但愿我的苦心不违于原著作者的创作初衷。

下面对本书翻译过程中遇到的有些问题做一个简单说明。第一，《青颈鸟传奇》这本书的藏文标题，没有任何争议，可是在不同的文学史书上，其汉译标题有不同的写法，譬如《青颈鸟的故事》《智额达瓦》《青颈鸟本生记》以及《青鸟故事》等。为了充分体现藏文原著的内涵，本书翻译成《青颈鸟传奇》。第二，很多藏族古典寓言小说都是韵散结合体，《青颈鸟传奇》也不例外，因此笔者在翻译过程中，充分尊重原文，保留其韵散结合体形式。不过极个别内容根据版面设计的需要，韵体部分压缩在一起，以保持统一的风格。第三，本小说是创作于十八世纪的文学作品，语言特色和修辞风格上，既通俗易懂，又遵循了严格的传统格律要求。笔者在翻译过程中，完全尊重原文，保留了半白话半文言的特点。第四，该小说作为藏族古典寓言小说的扛鼎之作，内容可谓博大精深，但是其中最重要的还是宣扬藏传佛教思想。因此表现佛教出世精神的词句都比较生涩难懂，具体的专属用词上，到底是音译还是意译，比较难以抉择，因为两者常常带来截然不同的修辞效果。为了小说的流畅性和可读性，所有专属词汇尽可能地意译了，当然也有少数音译，并且对二者做了不少注解。第五，关于文学作品的翻译，译者在二次创作的基础上如何尊重原文是一个非常重要的议题，因为有时候不得不做一些适当的改写。该小说里青颈鸟在不同的情节当中有不同的称呼，比如达瓦、格登邦、青颈等，为了不让读者产生混淆，基本上都写成青颈鸟。第六，本小说里最重要的一个情节，就是蓝嘎阿尼实施“破瓦法”，诱骗了王子曲吉嘎瓦，王子的灵魂最后只好迁入到杜鹃体内。从字面上看，“破瓦法”翻译成“化身术”可能比较接近原意，但是也容易发生歧义，因此在特定的环境下，为了体现这种法术的独特性，本书一概翻译成“换身术”。

总而言之，作为一名创作和研究藏族文学的从业人员，此生能够首译《青颈鸟传奇》，不啻为莫大的荣幸，而能将此文稿最终付梓，亦是种种善缘使然。首先是喜马拉雅文库创始人才让多吉，他如大多数藏族传统学者一样，极为推重这部原著，也颇多认可我的译著，故第一时间将该作纳入了“喜马拉雅文库汉译经典”，并帮着对接出版。其后，书稿经由编辑老师细心审校，加之善心人士资助插图，设计师友宜操刀设计，集之种种，方有这本小书的问世。最后，年过八旬的多识活佛虽早已封笔，可是破例为广大读者推荐这部译著：“这是一本藏区很流行的传奇小说，体现了藏传佛教无我利众的精神。在物欲横流的当今社会，它是沙漠里的一眼清泉，是医治时病的一剂良药。译此经典作品，予以推广，善莫大焉。”为此特别感谢尊者，祈愿他寿比南山！

需要说明的是，限于个人的水平，只怕译笔无法尽显这部旷世杰作的精髓和神韵，为此常觉惶恐和自责。但是扪心自问，这本书亦是我过往两年多时光的深心所在，我认认真真地思量过每一个字，每一段表述，对此，读者也当可鉴。对于此书的补充建议，还请诸位方家、读者朋友不吝赐教，以便日后出版修订本时，更臻完善。

觉乃·云才让

2019 年 6 月 1 日

目　录

书首礼赞

南无古日曼则阿雅达热巴

《青颈鸟传奇》又名为《妙具菩提善心青颈鸟本生记识破红尘无益之耳坠》，本着受众阅读的需要，采用通俗易懂的修辞，撰写成就。且道：

无敌诸佛之恩者，
智悲从善似太阳，
沐浴我心如莲花，
顶礼至尊上师您。
悉数梵天[1]青颈等，
不羁狂者把头颅，
垂落殊胜其足下，
膜拜释迦世祖尊。
金刚手持智藏者，
无垢至尊阿底峡[2]，
融为一体宗喀巴[3]，
顶礼无双其师徒。
堆满红花如巨峰，
万丈照耀光芒身，
美妙音符似梵音，
拨动众生心似声！
精通一切善知识，
慈爱悲悯无量心，
究竟解脱唯一父，
文殊菩萨保佑我。

诸佛大悲存心田，
无边众生唯一母，
雪域怙主观世音，
化身尊者致敬礼。
众生苦海度圣母，
智勇善赐妙音女，
胜似佛母二仙女，
我心花蕊永享之。
穷尽追忆苦海者，
悲悯顿生出离心，
故陷轮回经磨难，
撰写青颈本生记。

1　梵天：亦称造书天、婆罗贺摩天、净天，俗称四面佛（大乘佛教并无此佛与佛像），是印度教的创造之神，梵文字母的创制者。——译者注

2　阿底峡：（atisa，982 年 -1054 年）古印度佛学大师，藏传佛教噶当派祖师。出生于萨霍尔国（今孟加拉国达卡地区），本名达哇宁波（意为月藏），法名迪班噶罗室利扎那，藏文译为贝玛尔梅泽益西（意为吉祥燃灯智）。藏文史籍中一般称他为“觉卧杰”（意为尊者）或“觉卧钦波”（意为大尊者）。——译者注

3　宗喀巴：（1357 年 -1419 年）藏传佛教格鲁派的创立者，佛教理论家。本名洛桑扎巴，由于出生在宗喀地方，人称“宗喀巴”，意为“宗喀地方的人”。著有《菩提道次第广论》《密宗道次第广论》等。——译者注

第一章

话说释迦牟尼佛涅槃不久后，在世尊初转法轮的鹿野苑附近，古印度六大城邦之一的瓦拉纳西，有个名叫赖邢的国王。国王育有一王子，取名为拉囊多旦，百姓称他为法轮王。王子自幼聪慧，俊美，以笃信三宝著称。此时印度南方的杂蓝达热，有个叫玛肖噶的国王。他富贵显赫，威震四方，素日侍奉千百佛门圣僧而扬名天下，尤其将无量光佛化身的比丘智美华旦[1]恭迎至宫内，布道讲经，受到金刚持本尊的殊胜加持。

某日，玛肖噶国王的王妃诞生一公主。公主诞生不久，天降青莲，祥瑞不断。公主的左脸颊和耳边，分别显示青莲和宝刀的吉祥图案，身上更是散发着青莲的淡香。为此，智美华旦上师莅临宫内，诵经加持，并言公主乃度母化身，取名为玛德玛哈娜。公主不同于寻常女性，天生慈悲，乐施，貌美，可谓内外兼修，人见人爱。光阴荏苒，公主长大成了一个亭亭玉立的少女。周边国王慕名，纷纷前来求婚。国王和王子准备将公主嫁给一方强大的国主，然则，公主道：

请听圣主父与子，

家乃罪恶之根本，

似同钻进毒蛇洞，

若是身陷此虚幻，

好比晾在蛇影中，

1　比丘智美华旦：该人物是无量光佛化身，也就是青颈鸟的根本上师。整篇小说中虽然出场的次数不多，但是其影响始终贯穿其中。作者根据小说修辞的需要，对其的称呼多有变化，比如比丘智美华旦、喇嘛智美华旦、上师无垢尊者等，译者一定程度上保留了作者的原意。——译者注

要是对我予关怀，
让我出家为僧尼！

国王回道：

唯有至亲吾爱女，
为家罪孽如深渊，
汝之所见不曾假，
然则出家实不易。
衣食清苦度余生，
我执似藕断丝连，
若是戒律未能守，
定会坠入恶道中，
只见利弊各一半，
自甘不屈寸苦心，
嫁于显赫之国主。

公主道：

父王把我烧成灰，
自当接纳不算祸，
困在无解之家室，
把人焚烧才是害。

国王道：

若是执意去出家，

某日，玛肖噶国王的王妃诞生一公主。公主诞生不久，天降青莲，瑞祥不断。公主的左脸颊和耳边，分别显示青莲和宝刀的吉祥图案，身上更是散发着青莲的淡香。

皈依智美上师尊，

严守佛法之戒律，

从今隐居深山中。

公主出家心切，难以阻挡，于是国王邀请智美华旦上师，为爱女剃度出家。然而，上师命道：

哎嘛如你所闻见，

家室好比蹲牢狱，

烦恼之火可燎原，

公主果然具聪慧，

不愿坠入烦恼中。

然而忽视姻缘业，

只顾喜怒纵性情，

此乃不义之私举。

好比泥中生青莲，

窈窕招展留余香。

请你速速设法子，

游走他乡寻姻缘，

即使有违入空门，

此生定能利众生。

随后，智美华旦上师如同彩虹一般，消失不见。

为了自己的爱女能嫁给称心如意的一方国主，国王玛肖噶带领成千上万的随从，浩浩荡荡来到印度腹地。此时，边城欧德布夏在内的国王们闻询后，纷纷赶到释迦牟尼等三时诸佛成道的金刚座[1]。而国王玛肖噶和公主一行朝拜玛哈菩提等诸菩萨后，得知数位国王前来求婚，玛肖噶国王觉得女儿若嫁给其中一个，势必引来其他国王的不满。于是，玛肖噶国王对前来求婚的数位国王道：“我只有一个公主，不知该许配给谁，明日你们盛装前来，公主把花球抛给谁，就许配给谁吧！”

翌日，众国王陆续赶来。玛肖噶道：“亲爱的玛德玛哈娜，现在前来求婚的国王很多，父王若把你许配给其中一个国王，别的国王或许不领情，现在你把花球抛给你中意的郎君吧。”随后将花球送给公主。所有前来求婚的国王，带着众多的随从，依次从公主殿下的眼前经过。欧德布夏国王和嘎达国王均来自富庶之国，他们是最先到达的，但是公主的花球并没有抛给他们。其他国王的队列从公主眼前一个接一个地经过，公主手中的花球依然没有抛出。最后是一位名叫拉囊多旦的国王，他身穿白衣，只带少数随从，出现在公主眼前，公主把手中的花球抛给了他。

父王遗憾道：“爱女啊，你不把花球抛给欧德布夏这等强大而富庶的国王，却抛给瓦拉纳西贫穷无名之国王，如何想的呀？”

公主禀告道：“父王请听女儿言，尊贵之人懂佛法，寻常之人惜青春，庸俗之人贪财富；上等人乃具智慧，中等人是存

1 金刚座：菩提道场，坚固永恒的地方。中印度迦耶地方一佛教主要圣地，是释迦牟尼等三世诸佛成道处。——译者注

信义，下等人则拥金银。此王虽略显卑微，终究富贵无人比，为此女儿把花球，抛向如意之郎君。”

随后玛肖噶把女儿许配给瓦拉纳西国王拉囊多旦，并反复叮嘱公主，陪送了贵重的嫁妆，然而，毕竟是父女情重，离别之愁让父女双双宛如断肠裂肺。玛肖噶国王虽然获得瓦拉纳西国王盛情的邀请，但是由于国事繁忙，只好赶回南方去了。公主一行则随拉囊多旦国王，回到了国都瓦拉纳西。

拉囊多旦国王和玛德玛哈娜公主一行到了瓦拉纳西后，举行了隆重的婚典，随后玛德玛哈娜公主被赐封为王后。从此以后，拉囊多旦国王福禄日增，权势显赫。国王和王后笃信佛法，善举施舍，从容不迫，人间所有美德集于一身。国民称他们为法轮王及王后，并且国王和王后的涵养和贤德，成为国民追捧效仿的楷模。国王有额来和额藏等美艳佳丽充于后宫，法臣洛智热桑和大千户严谢等重臣辅佐于前，嘎玛偶和布佳等婆罗门辅佐于后。但国王和王后喜结良缘数年，尚无子嗣。在国王拜神求佛，四处寻秘方之时，南方的贤德国王金巴在轮回中有缘瞻望诸佛和菩萨，并得到加持。后抵南海布达拉，遇见观音菩萨。观音菩萨道：“族善子[1]啊，瓦拉纳西国王拉囊多旦，笃信三宝，虔诚修法度日，然未得子嗣，如今正在拜神求佛，你许愿并投胎为他的王子，定能利益众生。”

一旁的度母补道：“族善子，你听从圣尊之言吧。你有所不知，我化身为国王的王后已久，你速速投胎于王妃怀中。王

1　族善子：佛教中师长对男弟子的亲切称呼。——译者注

后在世之日，鬼怪无从殃及与你。随后，北方国王南珠杰投胎为你的臣子，其妃子拉昌玛投胎为你的妃子，二者将加害于你，但是不管身在何处，你将不会惨遭痛苦！”于是，南方的贤德国王金巴向圣尊和圣母许诺，连连叩拜并祈愿后，其魂魄投胎于玛德玛哈娜王妃腹中。父母传记和投胎部分——第一章终。

第二章

玛德玛哈娜王妃怀胎十月后，诞下了一个白肤、宽额、慈眉善目的王子。国王邀请当地颇有名望且精通相术的婆罗门嘎玛偶到王宫，给王子看面相。婆罗门观察许久后，双手合十，举在胸口，道：

世祖遍智三只眼，

类皆神仙应赞许，

老朽阅过无数人，

如此面相尚未见。

此君必是国王您，

供养三宝赐无疑，

父王名曰赖金尊，

王子名为赖扎者，

寿命超过九十岁。

然而障碍如丛林，

若是妖魔缠上来，

自身变成他人躯。

拉囊多旦闻后虽有疑虑，但无暇顾及，喜形于色，道：

所需皆为满足者，

唯有至尊如意宝，

祈求怙主无他疑，

今日果然得王子。

闻讯赶来如心愿，
心花怒放喜相迎，
为了王子成明君，
取名为曲吉嘎瓦。

玛德玛哈娜王后道：

世间神所赐予的，
乃是荣华和富贵，
然而所有这一切，
虚幻无果不足奇！
垂赐究竟之安乐，
还需祈愿三宝助，
然而麦子收成后，
麦秸随后自然来，
我子也是它所赐，
笃信三宝利众生，
从而赐名格登邦，
此乃略表我心意。

玛德玛哈娜王后言毕，将王子抱在怀里，疼爱有加。从此婆罗门对国王和王后的虔诚以及三宝的恩遇和加持，心怀感动，对其深信不疑。

随后，国王和王后将王子交付于地位稍低的妃子额来等众奶妈，众奶妈用最好的乳汁和饮食来哺育他。王子自幼秉性温和，从来不见哭闹，逢人以笑相迎，看见神像灵庙，常做出叩拜姿势。随着年岁的增长，王子茁壮成长，他身上有别于普通小孩的殊胜和通灵，也显得更加突出。

王子虽小，但语言不学自通，他平生说的第一句话，更是耐人寻味：

嗡嘛呢叭咪哄，
住在布达拉山上，
无时不刻念众生，
至尊宝贝如意者，
敬礼祈祷观世音。

王后闻之，甚为宽心，道：

虽然你身如小树，
尚无繁茂之枝叶，
然而出口能成章，
为母有个小疑问，
请你如实回答我！
你从何处投胎来？
什么种姓信哪教？

王子双手合十，不失礼貌地答道：

若是述说我前世，

因缘巧合自不说，

得到许多佛甘露，

容许从简说一二。

要说我的上一世，

南方国都之帝王，

名叫金巴属王族，

再上生在萨霍尔，

其名曲吉德巴哇，

笃信佛法无二心。

王后听到此言，料定儿子将成为造福众生的栋梁，自然喜不自禁。

王子尚未诞生前五年，国王的大臣严谢也生了一个五官虽然端正，但是相貌不佳的儿子，其名为蓝嘎阿尼。国王有一个和佛祖同种姓的法臣亚慈，他有一个样貌虽怪异但性格活泼可爱的儿子，已年过十八，名叫益西增。王子非常喜欢跟他一起玩耍，二人形影不离。益西增对贪玩的王子从来不失耐心，常把王子背在身上，当牛做马，任他逍遥，此举引来国王和王妃的青睐。

然而权大势重的千户、国王的宠臣严谢心想：“我小时候也当过拉囊多旦国王的陪读，因此后来深得国王的宠爱，今日的荣华富贵，都归于此。如果我的儿子蓝嘎阿尼自幼不去陪伴王子，那么，亚慈的儿子就将抢尽风头，他怕是难得便宜。”

王子自幼秉性温和，从来不见哭闹，逢人以笑相迎，看见神像灵庙，常做出叩拜姿势。

于是他匆匆进宫，面见拉囊多旦国王，却一言不发，只管磕头谢恩。国王从来对他宠爱有加，忙问：“千户大人，好久不见，你为何而来？”

严谢道：“我是来请安的，不过也有一桩小事。”

国王爽快地问道：“你有何事？赶紧道来！”

严谢道：“国王陛下，曲吉嘎瓦乃是圣上唯一的龙种，他的品相和行为稳健妥帖，必将成为一代明君，因此王子需要一个品行端正的小臣子来陪伴。亚慈的儿子如同恶魔般头披金发，长有犬齿，年龄也远远大于王子。而我的犬子蓝嘎阿尼聪明伶俐，能言善辩，模样俊丽，通晓技艺，正如当年我成为您的陪臣一样，希望我的犬子蓝嘎阿尼，能成为侍奉王子的陪臣！”

国王道：“千户大人，我的王子乃是三宝恩赐于我，不管从哪方面看，都比我更胜一筹。既然你的儿子蓝嘎阿尼非常优秀，可以优先考虑，但是选择王子的陪臣乃是大事，尚需跟王后商议，之后再做定夺也不迟。”

严谢心想：“如果国王询问王后的意见，她肯定对我有所防备，自然不答应。”于是见机说道：“陛下，人世间最大的罪过莫过于男人听从女人的摆布，您乃一国之君，岂能如此？过去不管国计还是民生，国王只会与众大臣商讨，如今连芝麻小事都禀报于王后，成何体统？列祖列宗以来，从没有听说这般不寻常的事，若是他人闻见，有损国威不说，还会让人嗤之以鼻。”

国王心中略感惭愧，加之抵挡不住严谢的咄咄逼人，于是失口道：“千户所言极是，日后择良辰吉日，把你儿封为王子的陪臣吧。”严谢如愿以偿后，内心虽然有些洋洋得意，但是如同狡猾的狐狸不轻易露出尾巴一样，外表仍装作镇静自若的样子，打道回府了。

王后得知这一切后，迅速来到宫殿，面见国王。通常王后的脸庞如同皎月，光彩夺目，但是今天一片乌黑，不悦的神色跃然脸上。国王道：“爱妃，自从嫁给本王以来，从没有见过你如此不悦，今天何事让你如此不快？”

王后道：“陛下，月亮被乌云遮住，没有月亮，睡莲岂能盛开？”

国王忙问：“为何月亮被乌云遮住？难道闻见他军侵略我国？你父王和兄长不安？抑或王子病魔缠身？说说究竟为何不快？”

王后道：“当今国王如明月，百姓似那天上星，群星捧月何来敌？吾国虽然千里外，父王兄长皆无恙，王子身如金刚般，小病岂能连累他？”

国王继续追问道：“那么，究竟何事让你如此不快呢？”

王后道：“陛下您乃真糊涂，行恶之人如毒蛇，但凡亲近必毒害，红尘处处存险恶，只怕有人害王子，我心岂能宽慰乎？”

国王听后，自忖道：“王后之言，并非没有道理，但是严谢权高势大，再说我已经许诺在先，堂堂一国之君，岂能食言？但对王后好言相劝，未必见效。”于是国王回道：“汝所说的，不过是妇人之见，我的列祖列宗从没有听从妇人之见的习惯，江山社稷之要事，你等女流岂能知晓，决策已定，不要妄加阻碍。”

王后预言道：“陛下请您自便之，不久待我凋零后，料定异常频频见，只怕陛下悔青肠。”说完她便悲伤地依垫而坐，再无他语。

翌日，王后寻见王子，把事情的前因后果一一告诉了他。王子随后来到父王面前，禀报道：“父王，我不需要陪臣，若非要不可，那么请您把益西增封为我的陪臣吧。”

国王一听王子的禀报，知道此话必是他的母后所教。于是果断地说：“你的陪臣已经定了，是大臣严谢的儿子蓝嘎阿尼。”

王子回道：“都说蓝嘎阿尼品行不端，再说年纪也过于轻了吧！”

国王道：“王子，你的母后也说了同样的话，然而那是妇人之见，不听也罢，终究谁更合适，我自有判断。”国王根本没有听取王子的话，王子只能作罢。

在后宫的众多佳丽里，有一个宫女出身的妃子额来，她对王后和王子的处境，格外同情。因此她在国王面前一再请求，但无济于事。于是额来邀请平日里敬仰王后和王子的老臣达玛和达米，以及青年臣子益西增，把王后所说的预言如实告诉他们，然后商讨对策。

益西增道：“据说，玛德玛哈娜王妃是度母的化身，所有预言都在她身上得到过应验，她说的预言，今后势必一一变成事实。王后进谏国王，国王却认为是妇人之见，拒不采纳，我们只能祈求神仙。然而，若严谢凭借权势，勾结朋党，谋篡王位，恐神仙都不敢吱声，那我们如何法办奸臣严谢？”

达玛道：“年轻人，你虽然聪明过人，但是年少无知呀！凡做大事，需要迅雷不及掩耳之决断，纵使我们的小命不保，但为了王后和王子的性命以及瓦拉纳西百姓的福祉，我们要立即行动，来一个先斩后奏！”

达米道：“诸位，达玛心怀鬼胎，益西增也别有用心。如来佛曰：‘哪怕为了师尊、父母、亲朋、国王，也不要杀生，因为所有罪孽，秋毫不差，将要自己来承担。’故万万不可轻举妄动，我等先奏明国王，再作定夺。”

几个大臣意见不合，经过长时间的辩论，最后同意依照达米的观点，先去奏报国王。然而不幸的是，老奸巨猾的严谢早已安置了耳目，他同时和三个法臣到达宫殿门外求见国王，自然国王先招严谢晋见。严谢道：“陛下，宫殿外三个大臣为何来觐见您呢？”

国王道：“三个大臣自然是前来请安的吧？”

严谢道：“陛下，您觉得，为何偏偏今日我们遇到一起呢？”

国王道：“千户大人，何出此言？”

严谢道：“这些大臣突然晋见陛下，您不觉得有些唐突？”

国王道：“我可不知，故问你。”

严谢道：“即使我说了，您也不会当真的。”

国王道：“我何时没有把你的话当过真？”

严谢道：“过去的确没有，但是今日必然不会当真。”

国王道：“通常都当真，为何今日不当真？快快道来，自然当真。”

严谢道：“陛下，请听我说。这些大臣，不知恬耻，心怀叵测，经常妄加指责比自己的生母还恩重如山的国王您呀！而且……”

国王道：“这些大臣都以懂得因果报应、识大体著称，怎能干出犯上作乱之事，难道你亲眼目睹了？”

严谢道：“刚刚我说过，陛下不会当真。不过，我虽然并没有亲眼目睹，但是亲耳所闻。”

国王道：“何时何地，所为何事？”

严谢道：“近三天以来，他们秘密聚在达米家里，密谋篡位，因我安置了耳目，所以听了一个精光。他们的计划是，先斩杀陛下和王子，还有我和我的家眷。然后，达玛自封国王，益西增封内臣，达米封外臣。今早闻讯后，我怕他们行刺陛下，就速速前来护驾。”

国王道：“千户大人，真有其事？”

严谢道：“确有其事！”

国王道：“那么你如何应对他们？”

严谢道：“陛下，按照律例，这些大逆不道的罪臣，应该活活烧死。”

国王道：“千户大人，既然这些都是你的耳目亲眼所见，那么不会有误，不过事关王国的生死存亡，需要进一步调查，再做定夺。”

国王面临重大决策时，通常会请教神通广大的婆罗门布佳的意见。严谢揣摩到国王的心思，便离开王宫，直奔婆罗门布佳家而去。见到婆罗门布佳，严谢警告他说："若国王问你，千户大人的话有没有根据，你只管说有，若胆敢说一个不字，我不仅会杀了你，更不会放过你的家眷。"布佳虽然有些迂腐，但是为人正直不阿。国王果然召见了他，并且就严谢所言之事向他问话。他从没有撒过谎，更知道不能在国王面前说假话，但是这一次，他如被鬼魔缠了身，不由地如严谢所教之言而言之。当晚，国王偷偷召见除了三个法臣以外的所有内外大臣，商议这一重大事件。

法臣罗智热桑等议道："这些法臣的言行举止在瓦拉纳西的百姓当中早有口碑，尤其青年臣子益西增，以自幼连个蚂蚁都不曾杀过而誉满王国，陛下明断呀！"然而在众臣中，严谢的舅舅布底噶拉、党友戴哇巴扎热玛、门生巴尼热达那尕等大臣妒贤嫉能，仗势欺人，道："千户大人言之有理，不诛杀这些罪臣，不足以平民愤。"一片喊杀之声此起彼伏，压过法臣们所说的无罪之言论。顿时，国王厉声道："不要吵，本王国推行的是善政，故此不宜诛杀，把他们流放外地。"众大臣再也不敢议论。

翌日，王宫外传来庄严的敲鼓声和威武的海螺声，人群如同海潮一样涌向街头。几个解差用麻绳把三个赤身的法臣双手捆绑在背后，如同恶犬般前拉后推，围着王宫游街。王宫门前人潮涌动，宫殿的城楼上，穿着盛装的王臣都森严就位，一个个严肃地目睹着眼前的行刑队。当行刑队赶着三法臣行至王宫正门时，青年臣子益西增无所畏惧地举头望着城楼，放声道：

手持法轮国王尊，

国法如同金枷档，

如今落在我等肩，

从来没有犯过法，

无罪何以治重罪，

岂是明君之所为？

严谢见状，从腰间的刀鞘里抽出刀，恶狠狠地高呼道：“瓦拉纳西的百姓们，请你们瞧一瞧，这是图谋不轨的恶人之嘴脸。拉囊多旦国王素来用慈悲之心推行国策，将百姓如亲生母亲一样对待，不料引来这些罪人的行刺，因此将这些罪人依法逐出首都，流放他乡。百姓们，从今往后，以此为鉴，务必安分守己。”看见严谢得意忘形、咄咄逼人之势，青年臣子益西增想，他们密谋的事情，一定是严谢给国王告密，然后挑拨离间无疑，于是道：

王臣百姓皆听我，

好人难以见好人，

坏人无法识坏人，

如果是非难以辨，

王法亦能任随改。

无辜之人虽惩处，

我等生死不重要，

只怕今后某一天，

瓦拉纳西古城里，

突刮妖风布乌云，

到时切莫后悔之！

见此情景，严谢赶忙给解差递个眼神，告诉他们赶紧走，解差们会意，把三法臣连拖带拉朝着王宫后面游街去了。王后和王子、额来王妃等在北宫里的时候，听见有人敲锣打鼓，并传来阵阵喧哗声。派人一打听，才知道三个法臣被秘密逮捕，正在游街示众。于是他们匆匆赶到王宫北门，问道："你们这是何故？到底犯了什么王法？"

法臣们道："我们不曾犯过任何王法，自从内臣严谢把自己的儿子封为王子的陪臣后，听说王后怕王子遭遇不测，为此十分忧虑，于是我等商议对策后计划奏报国王，却遭到逮捕。我们怀疑严谢得知后禀报给了国王，并且加以离间。不过为了王子的安危，我等愿意肝脑涂地，绝不后悔。"

王子道："你们在此留步，我去求见父王，解释一下。"

青年臣子益西增道：

胆识过人之才俊，

青春年华如初月，

天资聪明似圆月，

王子殿下您可好。

贵为国母人人敬，
处世谦卑品德高，
为了教化众百姓，
树立纯朴之民风，
王后母子请听我。
我等三臣虽无能，
自年幼时至今日，
王法如眼一样守，
纵使功勋不显赫，
未曾包藏祸害心。
国王敬如头上冠，
同朝臣子视如兄，
对待百姓如子女，
不曾想过有何罪，
今日被捕归于案，
流放他乡苦不尽，
恶臣祸乱奏效时，
国王分寸自然乱，
孰是孰非究其竟，
只凭三宝无他求，

所谓悲伤奈何用？

心怀慈悲圣母尊，

你具三时智慧眼，

闻见预言如是说，

王后不久故仙去，

王子遭遇恶臣害，

不堪悲剧降此地，

若是果真如此来，

我等不愿受其难，

不如流放他人乡，

自修空门佛果来，

采纳佛法如甘露，

报答你们母子俩。

若是母子辞人世，

不管严谢生和死，

精忠绳索已断然，

无缘伺候老国王，

不如乘机给我等，

授于究竟之教言。

达玛和达米也附言道：“我等臣子，好人终会有好报，希望究竟解脱之前，获得你们的保佑。”王后得知已经无法改变局面，于是道：“吾儿，三个臣子所言极是，现在求见你父王为时已晚，不去也罢。”王子深感悲凉，只能愤懑地看着被押送游街的三个法臣。

王后对法臣们道：

你等信仰沃田中，
播下善因之种子，
究竟解脱将获得，
流放他土何须悔？
我乃浑浊女儿身，
表面光彩夺人目，
其实处处不如意，
我念前世因缘生，
请求国王不予理。
各种征兆现梦中，
我来一一道上来。
我的阳寿不久终，
王子生命虽顽强，
终将遭遇人为祸。
国王百姓都受苦，
无奈悲剧虽不远，

然而命运难以更，
不能只怪吾国君，
国君有恩天地间，
瓦拉纳西更如此，
切莫忽视人中龙。
尔等平常受教育，
今日不需多言之。
也许今世无缘见，
切记切记吾所言，
殊胜无疑乃三宝，
永远顶礼似头冠。
物件头冠易变老，
此等头冠永不败，
金银珠宝可以盗，
偷窃此宝岂能行?
今日尔等瞧自己，
权势钱财把人弃，
佛法不曾弃过谁，
除了终究之解脱，
寻求他法属徒劳。

如意宝贝频洗洁，

挂在无上之金顶，

所求甘露如雨水，

洗洁自己不净心，

三门叩归法中来，

故此祈求如来佛。

二谛[1]法门诸菩萨，

寻找为师如灯塔，

照明你等黑暗路，

舍去杂念方得道。

即使无垢佛菩萨，

如同初一至十五，

月亮逐渐发亮光，

渐趋污垢自洁之。

为此致力于十善，

洁身自好需认真，

不弃小善持恒心，

远离恶朋交善友。

人生难得不忘本，

1　二谛：指真谛与俗谛。并称真俗二谛。谛，谓真实不虚之理。真谛，即出世间之真理。俗谛，又作世俗谛、世谛，即世间之真理。——译者注

但求不要虚度之。

达米临近故去时，

再回瓦拉纳西来，

益西增你无需惧，

生生世世我来佑，

你我有缘可以续，

后世雪域再相会。

另外两个老臣子，

三世以后投胎至，

圣尊观音法门下。

我的法力有限制，

神秘预测难以企，

但是只要心虔诚，

我的所言必实现。

三宝见证今话别，

但求祈祷诸菩萨，

我等今日至世代，

成为佛法金刚友，

师从诸佛及法门，

修来佛子无上果。

暂且如此祈祷后，

尔等远行他途中，

消除八惧之障碍，

遇上救主求保佑。

王后言毕，不过五岁的王子双手合十举在胸口，自忖片刻，然后道：

无疑怙主三宝尊，

保佑我的三法臣，

慈悲为怀圣母尊，

深邃言教虽然多，

孩儿天生极愚钝，

不曾学习难以悟，

虽为复述圣母言，

用意至诚且细听。

人身暇满难以得，

未曾完成终究业，

此生快如闪电般，

后世难以如愿望。

你等若是为我好，

因果自有规律在，

戒恶行善要取舍，
从此杜绝恶生道。
人世乃至地狱里，
没有终究之硕果，
锦绣红尘虽繁华，
皆是虚幻把梦辞。
我执乃是痛苦因，
利他之心资饶益，
若能换位思虑之，
祈愿众生得相救。

青年臣子益西增甚感惊叹，连连拜叩王子，又道：

兽王之子虽然小，
威镇骄纵众猛兽，
王子虽然年纪小，
智力超群显锋芒，
如此奇异除神子，
只怕尘世无他人。
知遇之恩报不尽，
我等行走异地时，
不辞垂怜慈悲心，

保佑今世和来世。

王子闻之，抱着益西增不放，然后恋恋不舍地彼此磕头后，王子继续祈祷道：

佑助我的诸怙主，
今日大发慈悲心，
烦劳见证我祈愿，
我的挚友益西增，
达玛达米如手足，
今日流放无人处，
如同挖心剁手足。
至尊佛祖无戏言，
业力果报从不欺，
我等心诚如坚石，
三宝加持归灵应，
恢复我心和手足，
来世尔等三臣子，
仍当我心和手足。
终究解脱未获前，
我们成为金刚友，
菩提之果谁先获，

彼此祝贺且分享。

即使未获菩提果，

你等获得佛保佑，

沐浴妙法之甘露，

持之以恒降自心，

终生不辞声闻修。

为了利益芸芸众，

徇私为我之杂念，

毫不含糊抛脑后，

切莫违反法门戒。

王后看到眼前的一切，似乎心有不忍，又道：

万神之尊如来佛，

清净无欲之妙法，

虔诚依止祈求后，

垂怜我等获保佑。

敬王爱民不违心，

洞察秋毫心地善，

义忠贤臣益西增，

达米达玛请听我。

一切妙法之根本，

无论道次之真假，

可以分辨为高低，

泰然文静深谙理，

能言善辩无人敌，

若遇如此上师来，

三生有幸受其教，

方能取舍自然明。

寻访不偏中观途，

顾虑魔鬼拒门外，

调伏内禅把心定，

不惧辛劳修空门。

干旱之田种禾苗，

本来可生又不生，

有了水分方才生，

因此初次入法门，

身边友人极重要。

羞愧之身无遮衣，

口出狂言造恶业，

狡猾吝啬生嫉妒，

此等劣友敬远之，

反则殃己资粮果。

上述诸恶若能弃，

品行端正存正义，

肝胆相许之友在，

相得益彰可求之。

追求孰能之妙途，

难以寻找似宝贝，

亦如易失如水泡，

此生诸事如芭蕉，

莫恋速修菩提果。

不曾守护罪孽道，

邪见容易让人惑，

勤于反省三门关，

时刻秉持善之途。

仅除此生之劲敌，

徒有英名无实处，

战胜无明方见正，

故此消灭烦恼敌。

梵天帝释持法轮，

若是不解行蕴苦，

时刻变幻无常之，
轮回之中渡彼岸。
我的父母和兄长，
诸位密友等众生，
若不受到佛观照，
虽然对我有恩情，
不获幸福受万难。
智目失明无人教，
不曾救助其颓败，
何以面对自己过，
为了普度芸芸众，
修持无上菩提心。
我等众生及诸法，
不过世俗执念尔，
真谛空中如莲花，
震慑庸俗之所在，
至理名言要寻之，
无疑缘起如空幻，
视如做梦甄轻重。
据说若能知二谛，

不管行善与积德，

资粮无穷比天广，

亦能殊胜佛子行。

故此自己如承诺，

严加守护诸戒律，

积累无边之善业，

经久利益为众生。

不管积攒多少善，

愿发无上菩提尊，

此乃教诲之所在，

也算我的临终言。

不枉诸如此类法，

顶礼寻访上师尊，

堪比佛主金刚乘，

穷尽所能修行之。

为此谁能持以恒，

我将保佑如亲子，

你等更是不必言，

切莫忘记吾教诫。

喧闹的游街途中，被赤身捆绑的三个法臣，闻见王后母子的嘱托和祈愿后，深受感动，泪如涌泉，恋恋不舍，泣声道：

我等行至荒地时，
慈悲为怀佑助之。
水火野兽和盗贼，
外来恐惧必然多，
我等默默诚祈祷，
恐惧之中救上来。
贪婪嗔痴愚钝等，
内生恐惧如三毒，
我等默默诚祈祷，
所有恐惧粉碎之。
虔心皈依殊三宝，
来世救我恶三途，
至此未获佛果前，
愿作母子之臣民。

王后母子听后，极为悲伤，几欲垂泪，道：

鸣呼国王附恶魔，
无辜法臣逐他乡，
然而不要徒悲伤，
祈祷殊胜诸菩萨，

我等生生世世中，

必然相处不分离。

几个解差亲闻诸多妙法的教示后，如善缘之梦初醒，身心中那残暴的烈火骤然熄灭，个个垂头丧气，为曾经所做的恶业懊悔不已。他们不惧皇威和律法的制裁，任由王后母子和三个法臣吐露心声，一路相送。

依照当地的刑法，解差押送流放的犯人，三天后方可返回，于是临近辞别时，解差们跪地频频叩拜道："呜呼，我等粗野之人，如今方知诸法乃是无常之道和人生痛苦之因，而非我等使上所有卑鄙手段，毒打、捆绑被人陷害的三个法臣。回想这些万恶之能事，好比疯子，实乃无语之极。以慈悲为怀的母子，请你们保佑我等罪孽小人。"言毕，众解差按捺不住心中的悲伤和懊悔，胡乱捶胸，拔头发，在地上滚动，口里更是嚷嚷王后母子保佑等含糊不清的字眼。王后听之心有不忍，说道：

请听罪孽众解差，

纵有千思和万虑，

很少思虑来世者，

即使后悔把肠青，

鲜有后悔罪业者，

但凡学富如五车，

难存因果接纳者。

尔等罪孽虽深重，

善者习气或恢复，

如今依止三宝尊，

曾造恶业速忏悔，

今后杀生断然戒，

从善言听王子命，

来世我等会雪域。

你等投为猎人身，

遂我可享无漏果，

只因道歌把心降，

菩提种子从此获。

我名称呼为咋娜，

我儿也投王子身，

额来变成金刚湖，

青年法臣益西增，

投胎我兄国王之，

门下大师叫萨拉，

不惑黄金展宏图。

达米达玛两老臣，

不曾离弃频相见。

详实预言似无需，

只为解差彻悔改，

略有过错自忏悔，

尔等心中善根生，

但愿能够渡苦海。

解差们得到感化后，懊悔和悲伤似有缓和，王子和三法臣对王后也愈加敬慕和崇拜，此时解差又说道：“我等已经改邪归正，找到了妙法的正途，就算国王和千户把我们诛杀了，也不能再干这等押送苟且之事！”

益西增忙劝道：“你们上有老，下有小，不过是糊口而已，此等犯上的话，切莫说！就算你们弃暗投明，我们照样被流放无疑。若你们执意抗命，将王法难容，小命难保。再说连殊胜无疑的王后和王子的话都未曾劝阻王命，如今尔等岂能白白去送死？”

众解差中有个年长的，他朝另外几个解差耳边嘀咕道：“大臣所言甚是，我们只能如此，再说若我们未能押送，别的解差只怕会百般刁难和折磨三法臣，至少我们不会如此。”众解差虽然有些为难，但同意继续押送。

王子早已命随臣从王宫里取来不少金币，赐予三法臣，又道：

路途遥远本该送，

不容违抗父王命，

未获菩提硕果前，

我等必然成知己，

吾臣切莫心生悲，
祈愿三宝永保佑。

随后，王后又赐予金银，并道：

你们前往金刚座，
瞻望大觉频祈祷。
后行克什米尔域，
杂蓝达热王国里，
有我父王法轮持，
以及兄长觉勇识。
此地另有诸大圣，
尤其无量光佛尊，
化为普通比丘身，
名为无垢莲花生，
师从他们受教诲，
究竟解脱需奋斗。

额来王妃也准备了各种黄金珠宝，甚至将头戴的首饰等取下来送与三法臣，并祈祷道：

任何罪孽不曾染，
胜妙功德俱全者，
善逝菩萨及佛子，
至尊上师顶礼之。

侧目今事之来由，

无罪法臣治了罪，

可见陛下稍有过。

无德额来女儿身，

没有能力改现状，

凭借善念可祈祷，

无疑三宝相佑之。

你们行走它途中，

远离野兽和毒蛇，

水火盗贼疾病等，

万事如意得圆满。

无二至尊速保佑，

闻思深奥众佛理，

如法修行不言败，

成就众生解救者。

我等圣母与臣民，

生生世世频相遇，

成为度法金刚友，

齐心修持菩提心。

三法臣受宠若惊，频频致谢，但是拒绝收取首饰，齐声道：

“额来王妃，黄金珠宝我等可以收，但是王妃的首饰，万万不可收。”额来王妃忙解释道：

后主预言若未显，

国库岂会缺银两？

若是果真应了验，

金银财宝有何用，

为了积攒吾善德，

奉送首饰请收之。

言毕，把首饰硬塞到三法臣手中，三法臣只好接受。

千里送君，终有一别，三法臣终于该出发了。但因留恋王后母子，每走一步，都要回头望一眼，王后母子等目送三法臣，直到他们消失在视线中。然而不幸的是，他们的所做所为，被严谢的耳目看了个精光，但是严谢不能不顾及王子的颜面，只好故作镇静，装作不知道。

他日，王子来到王宫，面见父王，可是面露难色，久久一言不发。

国王问：“爱子，何以不悦？”

王子回道：“父王被恶人离间，将无辜贤臣逐往他乡，只怕来日后悔，难道父王不曾觉察？”

国王面无表情，只管凝视着王子的脸，兴许只有沉默最能表达自己的心情。王子本来想跟父王理论一番，但是知道父王也有苦衷，因此请示后，从父王面前退出。

心怀记恨的严谢虽然对王后母子不敢造次，但算计额来王妃却是绰绰有余。某日严谢觐见国王后，毫不掩饰地讲道：“陛下，您可要保护好您的后宫！”

国王问：“你说玛德玛哈娜？”

严谢道：“不，额来王妃。”

国王问：“她怎么了？”

严谢道：“她和亚慈的儿子益西增有染，若陛下不去看护，只怕她淫乱后宫，落成荡妇。”

国王问：“你亲眼所见？”

严谢道：“虽然并没有亲眼看见，但是流放罪臣之时，她悲痛欲绝，如陛下驾崩。”

国王问：“如何见得？”

严谢说：“首饰相送。”

国王听罢，大为不快，即刻命人让额来王妃前来侍奉。额来王妃来不及更衣，匆匆赶来。

国王一瞅，额来王妃身上果然少了首饰，顿时龙颜大怒，右手手握刀柄，左手一把抓住额来王妃的前襟，质问道：“贱人，为何不见首饰？”

额来王妃智勇双全，她知道，若此时如实道来，只会被国王一刀宰了不可。于是双手合十，脸露微笑道：“陛下，请先放开我，稍后道来。”

国王道：“现在必须说，不然要你脑袋落地。”

王妃道：“陛下息怒！”

国王稍有放松。王妃接着道：“陛下为何对我如此愤懑？”

国王道：“国王守护百姓，百姓守护国法，王妃守护玉体，岂不是天经地义？”王妃心想，定是有人离间。于是，拾起一把稻谷的种子，启禀国王道：

国王守护众百姓，

为何无辜受陷害？

百姓守护本国法，

为何离间频奏效？

王妃守护自玉体，

不记何人玷污我，

自从远嫁国王后，

别说接近他人身，

更是不曾意念过。

殊胜三宝存真谛，

缘起法理岂能骗，

若是我言不曾假，

没有水土稻谷种，

明儿长出禾苗来，

实现奇迹还清白。

王妃言毕，将手里的一把稻谷种子撒在国王御用的木桌上，离身而去。由于王妃笃信三宝，从不怀疑，而且王妃有理在先，

国王的御用木桌上，稻谷的种子居然长出了绿色的禾苗。

毫不含糊，于是第二天，国王的御用木桌上，稻谷的种子居然长出了绿色的禾苗，国王大喜，心中的疑窦顿消。

午后，王妃沐浴完毕，身穿新装，佩戴比以往更贵重的首饰，前往寝宫面见国王。国王为了试探爱妃，把长出的禾苗藏起来，重新在御用的木桌上撒下一把稻谷种子，故作镇定地对王妃道："此乃你的真相！"

王妃道："陛下，我不曾记得自己有何亏心之事，倘若殊胜无疑的三宝都无法证明我的清白，毫无疑问，我有罪，陛下请您杀了我吧。"言毕，毫不畏惧地把头颅伸到国王的面前。国王非常惊叹爱妃的正直和勇气，于是捧出绿色的禾苗，道："爱妃，本王错怪你了，请饶恕我吧。你的忠贞与贤惠，世上罕见，我的王后玛德玛哈娜是圣母的化身，你也近乎圣母。从今往后，本王如此称呼你，并且赐予你监管国库的权力。"这一宿，国王穷尽言辞，赞美王妃。然而，王妃心中似有不快，国王问为何如此，王妃说，明日再言。

次日，国王问："爱妃，你不是说今日有话对本王讲吗？请你说吧。"

王妃道："陛下宠幸我，自然令人欢喜，不过，希望陛下对心中的三毒有所醒悟，从今往后，没有调查，切莫武断行事，更不要被臣民的挑拨离间左右。否则，日后悔恨莫及。原想今日多言几句，只怕陛下不听，连圣母玛德玛哈娜的劝说都被以妇人之见不予理睬，何况我呢！"

国王道："爱妃，其余的我均明白了，只是本王心中的三毒之说，如何解？”

王妃道：

陛下请听我的话，

不明以致被离间，

贪婪引欲爱臣妾，

嫉妒之火虽然小，

点燃愤怒如旺火，

此乃三毒之症状，

若我不够明白点，

只怕小命早已丢。

故而从今至往后，

还需陛下除三毒。

国王道：“爱妃，那么为何你把首饰给了有罪之人？”

王妃道：“果树害于果，走兽害于肉，女人害于身，富人害于财，不曾施舍之财物，必成痛苦的种子。”

国王道：“可以施舍穷苦人，为何偏偏施舍有罪之人？”

王妃道：“学贯五车之师君，大爱无私之父母，受苦受难之众生，都乃施舍之对象。”

国王道：“爱妃，我已治了的罪，你怎能改变？”

王妃道：“陛下所造因果业，不由臣妾改变之，臣妾所造因果业，陛下不能更改之，故此陛下和臣妾，各自因果自有别。”

国王道：“你和你的所有都属于我，为何你的因果之业不属于我？”

王妃道：“陛下前世积善德，臣妾成为您妃子，今后若不积善德，来世未必继王位，如同水和河床般，一世国王一世奴。”

国王道：“我尊为国王，自然福德具足，而你卑为妇女，自然福德浅薄，何为一世国王一世奴？”

王妃道：“烦恼之网未解脱，手持法轮有何益？帝释天扫穷人屎，穷人享用天庭楼。资粮深浅刹那间，自古国王都傲慢，投胎奴隶不少见，陛下傲慢弃远之。”

国王道：“我绝不会成为奴隶。”

王妃道：

陛下经历无数世，
积恶毒汁如大海，
问鼎社稷之残余，
纵使善恶溶为水，
只怕难成甘露来。
若是明知不体察，
自认善德广无边，
各种邪念如强盗，
必将洗劫无所剩。

国王道：“爱妃，那我再问你一个问题，后宫妃子和所有臣民的幸福难道都不是仰仗着本王的恩惠吗？”

王妃道：“国王都爱赞美词，很少听从真言来，若是龙颜不大怒，臣妾如实禀告之。”

国王道：“爱妃，你如实道来，本王只会高兴。”

王妃道：“人间幸福和痛苦，都随前世造的业，我等臣民之幸福，并非陛下所恩赐。”

国王道：“若本王不去爱护他们，何来利乐和幸福？”

王妃道：“利乐幸福之因缘，就算陛下不爱护，必然自我享受之！痛苦之中众百姓，陛下无法除其罪，若是不曾存偏见，受其恩赐所得来，何来贫富和贵贱？若是实言相告之，陛下不是没有恩，只是微不足道也！”

王妃的真知灼见，令国王深受感动，如拾珍宝，赞不绝口，国王又道：“如此高明者，岂是妇人乎？”

王妃道：“历阅三时诸菩萨，除了缘起等妙法，不曾高谈其玄说，此乃略表我的心。”

国王道：“爱妃，你乃是我的尊师也！”

王妃道：“寓意外物所揭示，格言儿童可吐纳，智慧善学之君子，众人皆成其尊师，若是无明所笼罩，皈依尊师反造恶。”听了爱妃的话，国王频频点头，可谓振奋人心。

稍后，严谢来宫，面禀国事，国王按捺不住内心的激动，把额来王妃的奇闻以及来龙去脉如实告诉了严谢。严谢假装喜悦，但是说的话，可谓绵里藏针，道：“陛下，可曾知道魔术师？”

国王道：“自然知道，我们的子民里也有啊！”

严谢道：“那知道玩魔术的妇女吗？”

国王道：“当然知道，魔术师问什么，她就变什么。”

严谢道：“那可以信吗？”

国王道：“信？”国王恍然醒悟严谢的话里若有所指，于是骂道：“你这个愚昧之人，所言何为，如今我深信爱妃，并且反省自过，岂容你来阻挠，给我闭上嘴！”严谢对国王的训斥极为不满，但也无可奈何，于是悄然溜回府里。百姓们听见额来王妃的奇闻，无不惊诧，奔走相告。从此以后，如同遵从王后玛德玛哈娜一样，人人对她顶礼膜拜，她成为百姓中普通女眷禁闭恶业之门的动力。

至于封王子陪臣一事，虽经王后、王妃和王子的好言相劝，使得国王心有所动，但是君命难收。再说，国王不敌严谢的强势，只好选择某个良辰吉日，将严谢之子蓝嘎阿尼封为王子的陪臣。兴许命运使然，蓝嘎阿尼勤奋好学，善通技能，对王子言听计从，敬重有加，显示出一个能臣的天资。王子对蓝嘎阿尼亲密无间，备加爱惜，极为厚待。由此，王国上下，暂且处在安详之中。

再说三个法臣，解差们佯装拳脚伺候，把他们押送至王宫不能看到的地界后，给他们松绑，自由活动。一路上，解差与法臣彼此享用干粮，谈笑风生，就这样三天后，到了分别的时刻，解差脱下身上的衣服，送予三法臣。三法臣道：“亲爱的挚友们，你们不念家里的饥苦，我们怎能收你们的衣服！”解差们道：“如今才得知，曾经念于饥苦，虽造成了无穷的罪业，然则父母、兄弟、嫂子、姊妹、妻妾、子女、家奴等，不会担负任何后果，所有恶果，要由我们自己承担，为了好让我等善积资粮，请你们务必收下。”言毕，极力相送，并叩谢不止。益西增回道：“解差虽为罪孽深，待我三臣恩如山，究竟解脱之种子，相得永结菩提果。”言毕，恋恋不舍地彼此话别。

解差们回到家中，亲朋好友都忙问：“你等怎么光着身子？”

解差们怕国王降罪，道：“被强盗劫走了。”从此以后，解差们放下世俗执念，皈依空门，勤修闻思，安度余生。

三法臣遵照圣母的口谕，一路祈祷，并拜访诸方菩萨，西行未到两月，顺利抵达杂蓝达热王国。于是禀告城门守将，道：“我等乃是瓦拉纳西国王格兰热杂使者，请放我们进城。”城门守将随即放行，但是靠近王宫城门时，一员守将呵斥道：“尔等乞丐，岂容觐见国王。”随后，加以阻拦。

三法臣自辩无果，无奈移至王宫东门，敲门直呼。恰逢王储在巡察城楼上的佛龛，他向陪同的大臣问道：“东门外喧哗者为何人？”

大臣回禀道：“乞丐。”

王储命道：“此人声音极为奇特，去问个究竟。”

大臣速来东门，便问道：“何人如此大胆，造次于城外？”

三法臣道：“我等乃是瓦拉纳西人，是因圣母玛德玛哈娜举荐而来，想晋见国王陛下。”

大臣回去如实禀告王储，王储道：“甚好，让他们进来。”于是三法臣进宫，面见王储。

王储问询道：“尔等来自何处？哪国臣民？为何来此地？看你们的气质和模样，像王族或者大臣等显赫之辈，但是穿着如乞丐，是否触犯了国法，被流放他处？”

益西增回禀道：

前世积攒善资粮，
强大富足无人比，
人神共奉威四方，
王子请听吾所言。
我等来自天地间，
殊胜中央之国度，
瓦拉纳西大都城，
拉囊多旦为国王，
我等成为他臣子，
未曾犯过任何法，
无辜遭诬逐出国。
如今无话可诉说，
只求圣母之口谕，
觐见国王和王子，
皈依王国之佛门，
欲享妙法之甘露。

王储道："尔一番言论，虽然妙语连珠，但是颇有瑕疵，国王身为法轮持，岂能陷害良臣？凭此，汝所言不太可信也。不过，既然你们是玛哈玛德娜王后举荐而来，她是否安然无恙？听说已经诞生了小王子，小王子可好？"

益西增道：

大智若遭无明害，
难以断除虚假来，
臣民惑乱国王心，
好人治罪亦能见。
前世业力无法阻，
我等忠心反害之。
浊世妖魔当其道，
不依善良做标榜，
狡猾之人奉忠厚，
智慧贤达视草菅，
愚笨黄牛当珍宝。
持法君子障碍频，
行将恶道路径畅。
万恶众相如乱麻，
莫非殿下未见过？
耳闻殿下甚英明，
故此倾吐肺腑言，
不管对错为如何，
相信迟早有明断。

无上持法王储君，
再次听我唠叨之。
公主玛哈玛德娜，
为了究竟其解脱，
虽然不曾受过苦，
低调从事现安之，
臣民焉能惑其心？

王储道：

没有行为之结果，
焉能甄别善恶业，
不曾精于讲策略，
心地善良流于形。
他人罪孽视如山，
自己谬误漏如沙。
此乃浊世众生相，
为何不信尔等话，
只因浊世众君子，
少如犀牛之麟角，
狡猾无耻之恶徒，
多如夜空之繁星。

至于公主和王子，

相安无事则甚好，

尔等行为需观察，

三天之后见父王，

青红皂白自然明，

你等虔诚祈三宝。

王储言毕，把他们安置在供养三宝的侧房，饮食起居皆以内臣的规格对待。

三天后，王储命人传话道："父王闭关修行，每七日里我要登门请安，今日正好到了请安的时日，尔等速速沐浴更衣，我们一同前往，方可知晓真伪结果！"三法臣依照吩咐随王储攀登宫殿阁楼，到了金顶后，一间宁静别致的禅房映入眼帘，并且门缝里飘来花香，刹那间，某种肃穆和庄严的气氛，使得三法臣的小腿不由地颤抖。

随后，有个乖巧儒雅的侍从把王储一行人请入禅房，禅房中央供养着如来金刚本尊佛像，益西增一看到佛像便频频磕头，另外两个法臣透过缭绕的烟雾环顾四周时，发现眼前的宝座上盘坐着年迈的老国王。仔细一看，但见老国王身宽体胖，头盘的白辫里装有宝石，浓密的白须垂至胸口。口中念念有词，却不闻声音。双目偶尔眯缝，却寒光不减。看似寻常，实则极其威武，虽略显衰老，然则龙颜透着善美和慈祥，相处片刻，便令人随喜无穷。

王储和三法臣先后磕头请安。老国王看见形态庄严的益西增后，忙问候道：“贤君此来安然乎？”

随后请他坐在自己的宝座上，让王储磕头敬礼。又问另外两个法臣：“尔等路上无恙？”随后让他们坐在略低的坐席上。

之后，国王双目紧闭，久久不曾言语。王储心想：“今天父王让我对一个他国流放的臣子磕头敬礼，虽然不合君臣之礼，然而父王如活菩萨，自有道理。”故王储的心里坦然无疑。达玛虽然没有多想，但是达米心想：“论资历，我们都是同样地流放；论年龄，我们俩已经是一把老骨头了，无论如何不该对益西增如此特殊照应，看来国王已经老糊涂了。”

不料，国王对达米瞪眼道：

倘若一个花园里，
各种花草千百种，
另有一朵藏红花，
虽然生地多不同，
前者不被贤者尊。
普通树木千万种，
哈日檀香[1]一棵树，
纵使生在一山中，
前者孰能变贵重？

1 哈日檀香：又名白檀，属檀香科常绿乔木，原产印度、澳大利亚和非洲。我国台湾、广东也有引种栽培，它的花初开时黄色，后血红色，木材奇香，常作为高级器具、镶嵌、雕刻等用材。——译者注

眼前的宝座上盘坐着年迈的老国王。仔细一看，但见老国王身宽体胖，头盘的白辫里装有宝石，浓密的白须垂至胸口。口中念念有词，却不闻声音。双目偶尔眯缝，却寒光不减。看似寻常，实则极其威武，虽略显衰老，然则龙颜透着善美和慈祥。

同为一朝之幕僚，

不分宗族和贵贱，

寻常之人数不完，

正人君子廖无几。

无二贤臣益西增，

无量光佛心传子，

愤怒明王之化身。

无明之人为不知，

何以如此断念想？

国王言毕，又闭目不语。达米方知国王有先见之明，心服口服，不敢胡思乱想。国王接着道：

诸位贤臣听我说，

虽有问题需要问，

为了王储信你们，

我替你们说一番。

尔等来自殊胜地，

瓦拉纳西大王国。

拉囊多旦国王和，

吾女玛德玛哈娜，

和睦相处把家还，

然而难敌前世业，

障碍节外又生枝，

国王虽有菩提心，

恶人惑乱失人心，

尔等无辜逐他乡。

狡猾之人善离间，

格兰热杂被蒙骗。

可怜尔等受苦众，

生死牢狱皆无常。

国王的一席话，让益西增备感亲切，感动的泪珠夺眶而出。他向国王顶礼膜拜后，又道：

无上三宝具持者，

向你顶礼法王尊，

无所不见之遍观，

向您顶礼法王尊，

无二金刚手菩萨，

向您顶礼法王尊。

上述所说无虚言，

陛下千金无人及，

贤惠睿智如佛母，

三时遍知孰能比？

为人点拨如尊师，

伊乃我等唯救主，

然而国王被人骗，

无辜忠良逐他乡。

岂料如今此宝地，

相遇密主国王您，

但求今后发慈悲，

我等诸诟永洁前，

请您永远保佑之。

益西增言毕，唯唯诺诺地站立在一旁的两位老臣频频磕头，不敢怠慢。老国王又道：

贤臣君子益西增，

我来助你利众生，

忠心耿耿二老臣，

我焉能将把人忘。

吾女玛德玛哈娜，

外慧妙音之天女，

内修阿雅达慈悲，

密乘护乐空行母，

虽然顾名亦思义，

只为化身度众生。

不久北方之雪域，

普及佛法如太阳。

慈悲之库观世音，

偶尔投胎国王身，

无量佛光之化身，

多为供养之尊师。

我等投胎为王子，

以及大臣等身份，

虽然不时略生疑，

服侍此君求利众。

另外此地盛法术，

崇尚大乘[1]信徒多，

大智若愚女儿身，

为民造福兴佛法。

其子曲吉嘎瓦他，

频繁投胎于此地，

1　大乘：梵语 Mahàyàna，mahà 意为大，含有崇高、高级之义；yàna 为车乘，运载之义。谓能将无量众生从生死此岸运载至觉悟彼岸，故名“大乘”。指三乘菩提中的菩萨乘（或佛乘）。——译者注

时而聪慧时而愚，

时而凶残时而痴。

王储你和益西增，

相继转世投此地。

若说不利之言语，

吾女母子在世时，

瓦拉纳西暂平安，

可是……

老国王说到此处，突然紧闭双目，不再言语。王储问道：“父王，三位大臣给我讲了预言，我不深信，然则，今日您虽然余音未尽，我的疑问已解。呜呼！瓦拉纳西将面临那般厄运，此乃轮回之宿命也。”

老国王会心一笑，答道：“这些臣子秉性刚直，故被流放至此地。”随后，老国王用丰盛的美味佳肴，款待王储和宾客，三法臣略有受宠若惊之感，但席间谈笑自若。宴后，老国王又对三法臣道：

三位臣子听我说，

我把自传讲一二。

吾名国王玛肖噶，

前世资粮之业力，

生于富强王室家。

年过十三父王崩，

虽然年少亦无知，

祖宗江山落肩上。

走马上任登位后，

王国内外兴佛教，

臣民都从十善法。

无疑三宝之垂怜，

实施仁政之妙效，

国泰民安迎繁荣。

尤其年过二十九，

有幸拜见佛真身，

至尊上师无垢者，

有心沐浴其思想，

深广正法甘露中，

得知诸法皆无常，

缘起性空不可疑。

虽知红尘之诟病，

无奈轮回照样转。

布其变药之妙法，

凡事致善之道理，

秽物化金之良策，

通晓诸多诀窍门，

不辞修持更见效。

虽陷国事之牢灾，

鞠躬尽瘁无后悔，

如今年事已高矣，

王位传给吾王子，

老朽忙于究竟道，

不久辞别人世后，

稳妥归入杨柳宫[1]。

投生北方之藏地，

化为国王和大臣，

殊胜堪布等化体，

诸佛如海弘妙法。

无量光佛降世后，

佛法旭日三次兴，

那时我们将相会。

如今死神牵我手，

青春凋谢一把骨，

1　杨柳宫：极乐世界的别称。——译者注

断气快如泉水流，

不如老朽勤修行。

佛法有缘善男子，

跟随王储安住之，

七天过后回至此。

王储和三法臣恭恭敬敬告退回去后，王储对三法臣比过去更加厚以待之。

次日，三法臣晋见王储，叩谢后，齐道：“殿下，您待我等罪臣不薄。让我们晋见了如金刚手菩萨本尊一样的法轮王，然而，不知贪足的我们，还有一桩要事相请，请殿下不要动怒。”

王储道：“诸君，你等忠厚贤良，本王储极为欢喜，只要我能办到，理当义无反顾地协助你们，请快快说吧。”

三法臣道：“圣母玛德玛哈娜曾嘱咐我们‘皈依我父王和贤弟，以及喇嘛智美华旦处，接受妙法之教诲’，如今殿下可否为我们引荐一下喇嘛智美华旦呢？”

王储道：“噶耶！上师阿扎亚班玛巴赞布玛雅西瓦纳[1]，不固定在一个地方，他在乌仗那、萨霍、拍达巴、卓当、赤铜洲、金域、克什米尔、天竺等地游走，行踪难以琢磨。有人说他在乌仗那国担任空行母众主，有人说他在金刚座化为一个普通的比丘，总之他是观音菩萨之化身和阿弥陀佛真身，我也是仰仗父王之恩，只瞻仰过一两次，据说我姐玛德玛哈娜随时可以瞻

1　阿扎亚班玛巴赞布玛雅西瓦纳：梵文音译，实指无垢上师或者喇嘛智美华旦本人。——译者注

望上师，我虽然没有这般的法力，但是我将奏请父王。”

七天后，王储一行来到国王的禅房。国王正在默诵秘诀，王储请安后，益西增双膝落地，启禀道：

国王您有金刚身，
不惧生老和病死，
然而为了造次第，
若是离苦得涅槃，
我有一事要相求。
罪孽小臣虽获得，
难得暇满之人身，
如同愚者拣宝物，
扫地出门无两样，
半生虽然已挥霍，
珍惜余生不放弃，
人生之舟起航后，
渡过彼岸求佛果。
然而快马不加鞭，
无常身在水中泡，
不定灵魂似灯火，
所有享乐如魔术，
生命消逝像闪电。

为人已陷苦海里，

业力之风呼啸来，

轮回卷到罗刹岛，

享尽荣华富贵后，

坠入恶途只怕来，

成为女魔一顿餐，

但见如此孰不悲？

如今只有一个愿，

启乘人身暇满舟，

渡过轮回之苦海，

寻求究竟之宝贝，

寻访智悲之舵手。

岂料历次劫以来，

为我垂怜恩如山，

普度众生为己任，

能任金刚手持者，

兴许资粮过于浅，

据说已登西山中。

我等无明病患者，

唯有他药可以治，

然而无明之白翳，

智慧双目被掩盖。

我等虽然不曾见，

圣母曾经嘱托说，

喇嘛智美华旦他，

经常受到国王拜，

如今请您引荐之。

益西增言毕，连连磕头致谢，另外两个老臣也磕头请求不止。

国王故作惊诧，瞪目问道："诸位，你等何以如此说话，莫非见不着我？我可是个白发苍苍、满脸皱纹、五官失灵、老态龙钟的老骨头。虽有十年十月未曾踏出户外，所谓喇嘛智美华旦者，不要说见过，更未曾耳闻。"

益西增道："那陛下不是说过，曾经瞻仰过如来真佛一样的尊师吗？"

老国王故意回道："什么？难道如来真佛一样的尊师，非得是喇嘛智美华旦？那可是出生在萨霍国的毗卢遮那。"

益西增道："国王陛下，圣母玛德玛哈娜不会胡乱嘱托，再说王储殿下也说曾经亲眼所见，请您开恩吧。"

益西增言毕，长跪不起，国王便瞪了一眼王储，道："哪儿来的喇嘛智美华旦？若你见过，你引荐给他们看吧。"

王储略感胆怯，然而不失尊敬地央求道："诸臣如此贤善，请求父王多多宽容。”

国王稍微闭目后，脸露微微冥顽淘气的笑容，道：

求佛习气自解者，

神奇之中最殊胜。

朝往财神之山洞，

万丈阳光如何照？

腐烂浪费之种子，

灌以雨水为徒劳！

幽远东方山顶上，

无云旭日谁能遮？

水肥土壤俱全者，

种子出芽焉能挡？

虔诚无垢明镜中，

若是显示佛主像，

岂是他人可以阻，

祈祷心想事成就。

无垢众生救主尊，

浊世诸佛如真身，

不同奇妙之化身，

居于何处无定数。

别说诸佛之刹土，

婆娑世界更如此。

不管东西和南北，

化身不同千万身，

各取所需不吝啬，

利益众生赐教诲。

即使观音无量佛，

诸位苍生之怙主，

无缘视而不为见，

有福之徒则眷顾。

王储和三法臣回到王储的宫殿，过了三日，又接到老国王的谕旨，要他们备好供奉的法器用具，速速赶到国王的禅房。于是王储等备好了法器用具，匆匆赶到老国王的跟前，王储问道："父王贵体安康乎，以前每七日要来请安，如今为何三日之内召见我呢？"

国王道："喇嘛智美华旦将下凡人间，故召见你们。"于是命人将宫殿内外反复清洁，燃起香烟，芬芳扑鼻，新筑的宝座面前敬奉了各种供品。老国王双手合十，面朝西方诚心祈祷后，命道："尔等敲鼓，点香。"老国王站起来，左手拄拐杖，右手持已点燃的长香，出门迎客。

此时，西方的上空突然出现一片五彩的祥云，一群神童立足云端，如卷盖氇氇，缓缓下来。祥云中有个身披法衣，头戴

西方的上空突然出现一片五彩的祥云，一群神童立足云端，如卷盖氍毹，缓缓下来。祥云中有个身披法衣，头戴尖顶帽的比丘，但见他慈眉善目，举止温和，四周围绕着同样殊胜高贵的八个比丘。

尖顶帽的比丘，但见他慈眉善目，举止温和，四周围绕着同样殊胜高贵的八个比丘，一大批空行母和神子如同吉祥的花环，洒洒落落，紧跟其后。

国王和王储、众大臣无不跪倒在地，频频顶礼膜拜。此比丘乃是喇嘛智美华旦上师，他瞧见益西增，便道："前世以来族善子，我的本尊持法者，巴扎巴扎古拉呀，乃是你的欲界天[1]。"随后，上师坐在宝座上，八个比丘分别坐在其余八座上，面前摆满美食水果等供品，可谓琳琅满目。国王屈身叩拜后，说道：

三时诸佛之根本，
有情众生保佑者，
慈悲为怀如意宝，
顶礼无二上师足。
消除万念诸污染，
故此得名无垢者，
具象遍智之法身，
膜拜阿弥陀佛尊。
无比金刚之法界，

1 欲界天：六道中天道的一部分，上面还有色界天和无色界天。欲界天依据所居天人福报大小分为六重，即：四大王众天（夜叉天）、忉利天（三十三天）、善时天（时分天、夜摩天）、兜率天（知足天）、化乐天（化自在天）、他化自在天。越往上的天，其天人福报越大，同时对欲的贪着也越轻，后者为前者的因，前者为后者的果。——译者注

终究解脱金刚持，
严守金刚之戒律，
叩首不动金刚身。
不曾扶持无限欲，
平等相待宝贝库，
如实之见智慧者，
叩谢妙法宝生佛。
不满贪婪欲念频，
不曾欲念惑其心，
诸法觉悟莲花名，
叩拜至尊莲花生。
侵吞嫉妒之火海，
了如行蕴之规律，
功业之巨如天空，
顶礼心想事成者。
无处遮拦之光明，
驱散所有黑暗者，
智镜诸佛之真身，
顶礼文殊活菩萨。
无边智慧如小溪，

汇聚成就似大海，
密宗主尊遍智者，
膜拜金刚萨埵持。
三界众生唯有救，
无量佛光除暗黑，
殊胜善业之所在，
顶礼如佛智库您。
怜悯慈爱佑我等，
金口赐语似甘露，
无明病症就此治，
所有利乐供施之。

上师道：

诸佛持密金刚尊，
垂怜前世积资粮，
福德国王请听我。
诸法无常如天空，
无去无来无聚散，
覆真世俗之池沼，
落入月影变虚幻，
正如月亮恋月影，
孩童岂能懂妙法。

魔术所骗男人欲，

唯有美人可满足，

吾将利益为众生，

奇妙之途汝可享。

王储和益西增等诸位臣子向其顶礼膜拜，祈愿保佑。三法臣如实禀报了自己从瓦拉纳西被流放至此地的经过。老国王敬献镶有绿宝石和珍珠的二肘长黄金坛城[1]，又道：

三时诸佛之真身，

慈悲为怀把我佑，

游荡无数之轮回，

前世业力投南方，

自幼陷入政务牢。

有心皈依佛门中，

东方学者布达等，

师从诸多智慧持，

尤其至尊如意宝，

三时佛主跟随您，

1　坛城：梵文叫做曼荼罗（梵名 mandala，藏名 dKyil — vKhor），在古代印度，原指国家的领土和祭祀的祭坛。现在一般是指将佛菩萨等尊像，或种子字、三昧耶形等，依一定方式加以排列的图样。又译作曼拏罗、满荼罗、曼陀罗、漫荼罗等。意译为坛城、中围、轮圆具足、坛城、聚集等。为了修行者观想方便所绘制、雕造的曼荼罗，因其形像曼荼罗，从而成为曼荼罗的表征。——译者注

殊胜教诲不吝啬，

生世相许保佑我，

身口心皆从善业。

您的恩惠巨无比，

好比大千世界里，

欲填如意之宝贝，

岂能几有填满时。

然而为了积资粮，

我把江山和社稷，

黎民百姓献给您，

恳请世代保佑之。

王储以同样的坛城敬献后，连连祈祷。三法臣将各种供品敬献出来，然后祈愿保佑。上师对三法臣道："诸位，喜好何种法？"

三法臣齐声道："大乘法！"

上师问道："其中的哪类？"

三法臣道："金刚乘[1]。"

上师又问："其中的哪类？"

1　金刚乘：若以二分法，可将佛教分为大、小二乘，大、小乘之主要区别，在于无上菩提心—为利益众生愿成佛。大乘又称菩萨乘，若以因果来分则有显、密二宗。即大乘佛教可分为因乘及果乘，因乘名般若密多乘，一般称为显教，或直接称为大乘；果乘就是金刚乘，一般称为密教或密咒乘，亦有通称密宗。——译者注

三法臣道：“最上瑜伽。”

上师道：

谁想如是修正法，
此生诸事皆弃之，
欲获究竟之解脱，
不要贪婪众执念。
喜好大乘之正法，
不能自私只为我，
若欲战胜此念头，
我执种子彻底刨，
想得终究之硕果，
受戒须似护眼睛。

言毕，对老国王和王储、三法臣等，以大乘次第道为中心，布道讲经，传授灌顶；各种方便和密授，更是如同甘露，普降不止。最后，对王臣们教诫道：

殊胜法界之空中，
汇聚空洞之言辞，
虽如回响之声音，
法王臣子诸位听。
不曾聚散为聚散，
虚幻假象真神奇，

法界体性清净中，

无人离开比丘我，

时常祈祷切莫忘，

速来得到吾加持。

不久之后你我等，

远赴北方之国土，

此地神奇妙不言，

连绵雪山拔地起，

如同洁白玻璃环，

青翠草山无边际，

好似松石铺大地，

各种植物成为林，

百鸟鸣奏动人歌，

八支河流各有别，

浩浩荡荡赴大海。

有些奇美之圣地，

难以形容胜天堂，

有些恐怖之地界，

堪比食人罗刹城，

有些荒野之所在，

如同饿鬼色佳城，
此地芸芸众百姓，
虽然生计并不富，
不曾穷苦和潦倒。
号称黑头之人类，
为人贪婪生嗔怒，
喜新厌旧不稳重，
立场不定易满足。
妖魔鬼怪之险地，
终将观音化刹土。
如今虽无佛音在，
不久传来法螺声。
名为拉的国王和，
姓为赤的法王等，
观音菩萨所化身，
诸君相继将诞生，
此地殊胜得加持。
届时东方中原地，
玛肖噶王转世为，
名为狮子的国王。

如今飞在空中者[1]，
投胎化身至尊君，
将为你的皈依处。
比丘我的祈愿和，
诸佛菩萨之垂怜，
红脸众生的资粮，
威严玛肖噶王你，
以及智慧母子都，
转世此地利众生，
化为各种不同身，
致以众生之资粮。
又是不久之将来，
慈悲观音之化身，
文殊菩萨不二者，
成为花儿之国王，
威震四方得祈愿，
印度佛经多翻译。
届时我也赴此地，
降服天龙和魔鬼，

1 这里作者并没有点名，但是从情节上看，这里指的应该是青颈鸟。——译者注

很多普通之依处，
特意加持金刚场，
广转密宗之法轮。
哎嘛法王至尊你，
贵为诸佛和佛子，
投为赤松德赞王，
王储也投国王身，
届时贤臣益西增，
名叫阿雅萨来唯，
不久有个极凶顽，
名为达玛之国王，
一时灭佛断香火。
然而密宗三怙主[1]，
以及八位近佛子，
化身若干比丘尊，
重新点燃佛火光。
然后至尊莲花生，
转世普通比丘身，
殊胜祈愿所使然，

1 密宗三怙主：即佛部的文殊师利菩萨、金刚部的金刚手菩萨、莲花部的观自在菩萨。——译者注

我将投胎至中原，
成为国王之子嗣，
出家为僧发愿力，
成就一番大善业。
届时国王名宗智，
一生睿智戒清净，
王储投胎至天竺，
成为国君名达玛。
善德贤臣益西增，
投为至尊瑜伽持，
文殊普贤等菩萨，
以及诸位尊者等，
皆化现为凡人身。
哎嘛那时多幸福，
佛法灯塔常不眠，
无垢戒律满芳香，
幽静禅定林园中，
智慧之光照四方。
那时佛法之灯火，
暂时照亮黑暗地，

诸多大圣和至尊，
都为佛法做贡献。
不久持邪异教徒，
大肆破坏我佛教。
名为达热之异端，
无恶不作丧天良，
相继七个魔鬼身，
正法彻底葬送之。
我和观音菩萨等，
三密怙主之化身，
时而转为出家人，
时而转为法轮王，
只求利益为众生。
再次听我诸王臣，
我的化身颇为多，
东有至尊智慧贤（宗喀巴），
南有殊胜资粮宝（刚巴哇），
西有无上普乐障（萨班），
北有无垢太阳光（哇擦译师），
为了弘扬我正法，

以及众生之利益，

我将频繁投胎之。

国王你也投此地，

不断轮回再转世，

时而变为戒律持，

为人教诲警戒言，

时而化为威武王，

野蛮之地被征服。

普遍之事广论之，

无上如同天空等，

至尊菩提华纳塔，

祈愿遍智及宝贝，

无价资粮法等等，

诸多有名或无姓，

都为众生忙善业。

杂玛日等将成为，

你的无疑皈依处，

未来那把诺吧尊，

成为生死涅槃者。

益西增将化智慧，

光明杀贼神菩萨，
齐扎尼那和功德，
遍智热轧巴扎尊，
无垢资粮和普乐，
金刚文殊指挥者，
功业莲花诸贤等，
未来此地求利众。
未来名为无垢者，
生死涅槃获佛果。
王储巴扎你将来，
自在天和诸佛等，
得以保佑转世至，
笃信佛法之施主，
王室贵族等家中。
达米达玛二老臣，
不曾动摇善根基，
来世投生极乐刹。
国王不久驾崩后，
转投生至杨柳宫。
王储江山固多年，

达玛将要故为仙，
益西增和达米俩，
重回东方之故土，
瓦拉纳西王国里，
我等将要再相聚。
今日所示诸预言，
国王心里自然明，
只为王储和诸臣，
得到信任方才吐，
生生世世我成为，
你们皈依之所在。

智美华旦上师言毕，驾一朵祥云，朝东而去。从此老国王照常闭关修行。王储邀请三法臣为自己的左右臣子，三法臣不应，自修简陋的禅房，闭关修行。不久，按照喇嘛智美华旦预言，达玛故去后，灵魂投胎到极乐净土。青颈鸟年轻时代和三法臣流放的部分——第二章终。

第三章

王子十岁那年的某一天，他在千户之子蓝嘎阿尼和众随从的陪同下，经过都城某个街巷时，遇见一个白发苍苍、长须垂胸、体态瘦干的滑稽老翁，众人说此乃非人类也，于是略有惧色。王子道："不可妄加非议，兴许是个精通法术的瑜伽僧！"于是命蓝嘎阿尼去问个究竟。蓝嘎阿尼快步到老翁旁边，问道："老翁，忙甚？"

老翁回道："流浪！"

蓝嘎阿尼问："何地人？"

老翁回道："欧弟亚纳人。"

蓝嘎阿尼问："姓名？"

老翁回道："婆罗门塔额巴！"

蓝嘎阿尼问："有何法术？"

老翁回道："换身术。"

蓝嘎阿尼问："除此？"

老翁回道："懂其内涵。"

蓝嘎阿尼问："皈依？"

老翁回道："三宝！"

蓝嘎阿尼问："宿敌？"

老翁回道："无明。"

蓝嘎阿尼问："国王？"

老翁回道："佛主。"

蓝嘎阿尼刨根问底后，回去向王子如实禀报。王子大感意外，忙道："原来是个信奉佛法的瑜伽僧，若能迎请至王宫，该多好！”

王子主动靠拢瑜伽僧，叩拜顶礼后，盛情邀请其到王宫，瑜伽僧谢绝。王子再三请求，仍然不依，只好祈求瑜伽僧保佑王国黎民百姓。念于王子将来造化禽类，瑜伽僧特意为其灌顶禅定法，同时给王子和蓝嘎阿尼授予换身术和胜乐法等各种密宗秘诀。而后瑜伽僧用匕首剖腹，以示内功，便消失在林中。

王子回宫后，按捺不住心思，把自己的奇遇如实向国王禀奏。国王心想世上有如此成就者实属难得，应邀请其来王宫讲经布道，于是命人四处寻找，但是数日之内，未见其影踪。国王虽有不甘，但也只好做罢，并对王子道：“看来瑜伽僧年事已高，无法利乐众生，好在你们主仆二人，师从瑜伽僧学习换身术，让本王略感欣慰。尔等勤奋修炼，以备后需。”随后，他在王宫顶楼，众臣子的陪同下，观赏王子和蓝嘎阿尼修学换身术，此时突然有一只绿头、红爪、金黄色奇鸟落在国王的魂树[1]上，叽叽喳喳鸣叫后，用人的语言道：

南方布达拉山上，
观音菩萨修妙道，
我受她命来此处，
不曾听为逆耳言，
遭遇恶臣之离间，
凡事细心不观察，

1 魂树：古时候，人们认为万物有灵，因此国王等上层人士，种下树木，以树木的枯荣来看自己的运势。——译者注

难以分辨好歹来，

好比雪域老人和，

瓦拉纳西之国君。

额来王妃闻讯后，赶赴奇鸟处，打断它的话，问道：“如此奇鸟为何物？”

奇鸟道：

我等奇鸟虽好奇，

没有国王陛下奇。

且看王宫顶楼上，

修行法术之王子，

妄图益寿又延年，

只怕阳寿有隐损。

但凡种下恶种子，

迟早结果不会误。

圣母将要谢人世，

奇鸟前来迎接她。

奇鸟言毕，发笑三声，王妃想再次问询时，它“啪嗒”一声飞到王宫顶楼的王子身边，用悠扬动听的声音说道：

心怀菩提族善子，

利生事业在林中，

此乃布达拉山上，

至尊让我转告你，

虽受妖魔之作祟，

终成善果利众生。

奇鸟言毕，心怀不安地看了看蓝嘎阿尼，便消失在王宫的上空。王臣二位通过数日的修炼，已经掌握了换身术，并且可以让自己的灵魂钻入他人的体内，龙心大悦的国王为此举办了隆重的庆典。

王子十三岁那年，王国出现了很多异常。正当大家议论纷纷时，玛德玛哈娜王后突然卧病不起，王国上下都为她的病情捏了一把汗，经众多神医巫婆卜卦者探视后，都认为王后有不测之难。国王邀请土著僧伽和外地修行者，昼夜不停地为王后念诵除邪避难的经，但是她的病似乎没有好转的迹象。某日，似乎不祥之事将要发生，王子在王宫顶楼时，被王后召进卧榻边，国王和众大臣闻讯后，纷纷赶来。国王心怀悲伤，探问病情道：“爱妃，贵体如何？”

王后回道：

陛下对我虽有恩，

本后阳寿似殆尽，

身陷轮回之众生，

聚散自有规律在。

自幼父王身边时，

信仰三宝修佛法，

师从额哇巴扎和，
布达足下得垂怜。
尤其上师无垢者，
南国对我赐佛法，
三时皆为护佑我。
本欲出家为僧尼，
难敌命运之安排，
嫁到瓦拉纳西国。
幸好殿下信佛法，
没有阻挠我供养，
怜悯之心昭天下，
百姓听我从善德，
皈依佛法勤修行。
毕竟善恶都并存，
虽无不悔之把握，
偷盗杀劫等罪者，
临死无悔可狡辩，
我乃毫无愧疚也。
不久待我谢世后，
殿下要弃恶从善，

额来额藏桑姆等，

诸多妃子待如我。

尤其你我心肝宝，

王子曲吉嘎瓦他，

很难继承你王位，

因而你需保护他。

种姓高贵笃信佛，

秉性相同等大臣，

但凡一起商议时，

切莫被他人左右，

最后自己做决策。

人心隔肚难理解，

越是亲近易受伤，

凡事勿躁需观察，

保护忠言逆耳者。

稳固江山责任重，

不可轻信他人言，

祖宗传统要继承，

若失根基亡其国。

无论他我之事情，

心中所思不可言，
若是言出必兑现。
百姓尊你如头冠，
此乃你的福分也，
切莫背信弃义之。
鼓励百姓从福德，
不失偏颇公平待，
人间阴暗如十恶，
弃之严守诸戒律。
但凡罪人用言教，
若是没有降其心，
不怕后悔恣意生，
小罪不宜施酷刑。
不能怠慢年长者，
凡事遵循因果业，
爱戴黎民如父母，
周边王国和睦处。
招贤纳士敬尊贵，
严格要求正法戒。
如此利乐尽可得，

百姓不愁获安康，

拥戴国王如海潮。

再次补充我遗言，

人世难寻觉悟者，

更难遇到佛法宝，

暇满人身自由时，

不修妙法待何时？

尘世苦海无边际，

唯一救你渡彼岸，

彻底无罪宝藏库，

顶礼膜拜佛三宝。

但凡戒律清净等，

大小诸事实践者，

无论何处值得念，

陛下请您亦如此。

纵使遇到生死劫，

不要放弃三宝尊，

祈愿生生世世都，

投胎如法圆满生。

卑微女儿之身份，

不能言教国王你，

然而此乃临终言，

陛下如实而为之。

王后对以国王为主的列位君臣，略表了心意和对未来的期许，另有不少轮回的预言，但是不同的章节里有所涉及，故此不再赘述。

王后最后又道："陛下，自从我嫁给你后，你对我的恩爱苍天可鉴，我也对你问心无愧，然则生老病死，乃是自然的规律。如今我就要辞别人世，请您不要悲伤！"国王悲痛欲绝，紧紧握着王后的玉手，道：

呜呼，呜呼，

无奈前世之造化，

投胎国王家室里，

不曾珍惜青春时，

懒惰游玩陷泥潭。

然后娶你为王妃，

让我投入佛法中，

你的恩典难以言，

后宫佳丽无数个，

若是失去爱妃你，

不知如何度光阴。

在我寿终正寝前，
请你务必等待我，
就算不能陪善终，
王子登上王位前，
求你不要辞人世。

王后又道：

陛下再次听我言，
无疑三宝护佑后，
生生世世遇佛缘，
心生感念求正法。
若是阳寿已殆尽，
无敌持轮之法王，
放弃荣华和富贵，
孤苦伶仃辞人世。
若是死期已将至，
穷苦潦倒之庸人，
放弃粗食和破衣，
一命呜呼无人救。
菩萨佛子和声闻，
皆有不辞涅槃时，

我等凡人何须说。

人生在世由自己，

岂有不死之道理，

如我爱妃有数个，

国王请你勿悲伤。

国王纵有百般不情愿，但也没有能力阻拦死神。国王心中的痛苦如同大海的波涛，汹涌澎湃，一时难以言说。

悲伤的王子拥抱着母后道：

度母真身母后尊，

为何你死不由己，

今日不如我等意，

母后岂能舍一切？

若你离开人世间，

无主王子依止谁？

曲吉嘎瓦依靠谁？

王国百姓依附谁？

母后恩情如海深，

不惧隐痛怀十月，

当我出世那一刻，

全身肮脏一坨肉，

不懂取舍如畜生，

人人嫌弃母后你，

如得珍宝把我疼。

青春之花绽放时，

让我皈依佛三宝，

赐予妙法之甘露，

挂念您恩心难忍，

非要谢世归乐土，

请您带走孩儿吧！

王子言毕，抱着母后，哭成泪人。王后有些不忍，道：

孩儿请听我的话。

三时我将保佑你，

不要悲伤听我说，

饮光尊者在世时，

你投生为王子身，

名为多桑向达者，

吱吱王子所属国。

之前化为向桑王，

成为诸佛佛子时，

我乃转为热布旦，

王子言毕，抱着母后，哭成泪人。

曾经把你保佑过。
虽然彼时你有过，
岂能把你放弃之。
智美华旦尊者等，
诸多贤者从天竺，
前往雪域弘佛法，
以后我们会雪域。
诸佛菩萨化国王，
父王成为他的臣，
而你转为其王子。
之后诸佛转世为，
达玛森格扬其名，
永久加持此福地。
你为金刚觉悟者，
普尼玛第达玛等，
转世藏地若干世，
我将时刻保佑你。
为母岂舍王子你，
只是死神如期至，
谁也难逃他的手，

我的归期已经到。

儿你岂能无救主，

三宝才是你救主，

依靠殊胜三宝他，

赐你究竟之解脱。

儿你怎能无依止，

你的依止是善业，

无论怎么靠近它，

都能带给你利乐，

不弃不离能持久。

如今父王贵体安，

他来保佑众百姓，

前世业力把你身，

即将化为其他身，

然而你身完好前，

尊敬父王如头冠，

爱护臣民似儿女，

你我不久会相遇。

王后言毕，王子又道：

再次听我慈悲母，

孩儿曲吉嘎瓦我，

前世资粮获人身，

此生遇到佛三宝，

又是不幸今遭难，

青春之花未盛开，

妙法接受无几时，

母后将要归法界。

凡夫二亲辞别时，

无虑孩童都难舍，

圣母你要谢人世，

哭天哭地算几何。

浊世之人无道义，

略有富贵名望在，

杀父之敌都敬恭，

稍有苦难衰落时，

亲生父母都遗弃，

恩将仇报难满足，

人间情态心生寒。

我乃只是一孩童，

为母别后如何抗，

不曾闻思学知识，
不懂祖宗好传统，
如何弘扬政教业？
曾说生世不弃我，
突然将要离人世，
怎能不叫孩儿我，
心存怀疑生悲痛？
手持法轮之父王，
虽有额来额藏等，
众多王妃和佳丽，
没有王后如何安？
瓦拉纳西众百姓，
如同无水沙中鱼，
没有圣母如何存，
难道母后要食言？

王子言毕，泪如泉涌。王后道：

我的心肝好儿子，
王子曲吉嘎瓦你，
为何不积善资粮？
为母离世不能悲，

你我永远不离弃。

此去布达拉山上，

观音菩萨命我去，

此去天竺南方国，

上师无垢命我去。

王子又道：

慈悲为怀母后尊，

孩儿曲吉嘎瓦我，

出生已经有十年，

虚度年华性懒惰，

恩重如山父母情，

数劫无法予报答，

力所能及为报恩，

母后请您等候我。

圣母观音催你来，

我等成为无救主，

若是观音不垂怜，

何以称呼慈悲母？

无垢上师催你来，

我等陷入痛苦中，

若是本尊不保佑，
何以利益为众生？
如今儿我之祈愿，
千万不要落成空！

王后又道：

再次听我宝贝儿，
为母弃你心生痛，
到了死期孰能改。
不久我将离世时，
可以为我报恩酬，
暇满人身不荒废，
知足知耻存心间，
永远致力十善法，
如此可以报我恩。
挂念佛祖常供养，
喜好妙法如生命，
永远勤勉闻思修，
如此可以报我恩。
佛门僧伽和比丘，
尊如头宝不嫌疑，

放弃祸害众生念，

大小恶业拒门外，

如此可以报我恩。

蒲葵种子虽然小，

可以生长参天树，

不参顽恶之小善，

亦能造就为福田，

如此可以报我恩。

难耐罪恶如盗贼，

若是及时不铲除，

几世修来之善业，

不及而终自消散，

如此可以报我恩。

我执喜乐皆断弃，

他人痛苦都纳之，

感念大乘之妙法，

乃是诸佛随喜道，

如此可报我生恩，

众生生恩亦可报。

不是观音不垂怜，

众生业力不可阻，

今日母后之不测，

国君父子臣民等，

切记不久无一漏，

此乃我的临终言。

王子悲痛欲绝，但是没有回天之术，只好抱着母后不放。之后众大臣和妃子都祈求王后留下来，但是王后没有应诺。王后给每人预言未来后，又道："此时此刻，我玛德玛哈娜该谢世告辞了，当我谢世后，将我的死讯立即传到天竺南方！"王后言毕，将右手停在大腿上，双目炯炯，望向天空。

突然空中鸣奏各种美妙的声音，王后命人道："呜呼，可怜众生，把我的圣物灵器送来。"

于是随从迎来诸佛菩萨的画像雕塑，王后一一举头顶礼，止不住的泪水，噙在眼角。尤其头顶释迦牟尼佛、至尊度母、上师智美华旦等画像久久祈祷，而后突然陨落人世。国君父子、诸位妃子和大臣无不痛哭哽咽，涌向遗体。瓦拉纳西百姓闻此噩耗，纷纷涌向王宫周围，有人捶胸打滚，有人就地昏厥。除了千户和刽子手脸带微笑外，所有人都陷入悲痛中。

王子心中的痛苦更是难以言说，他登上城楼道："城中百姓啊，尔等不要悲伤，若是追思和悼念母后，请你们祈祷三宝，让其保佑母后的英灵吧。"百姓们听到王子的劝说后，略感慰藉，都力所能及地祈愿和供养三宝。国王用三成国库金银邀请僧伽，为王后念经守斋，大举法事。

数日后，王后遗体火化时，化为彩虹和舍利，各种祥瑞普照王国。随后君臣和百姓内心的悲伤稍微愈合时，因母后仙去而深受刺激的王子，常常独自在林苑中徘徊。国王和内臣达玛热轧纳、桑噶巴德、多杰唯色、尼玛、千户严谢、罗智热桑等一起于朝中商讨，众臣认为王子独处在林苑中，未归宫内就寝，固有母后作古之因，更重要的是，无妃子陪伴消遣所致。于是大伙商议，说天竺腹地小邦迦瓦夏纳的国王有个名为色桑玛的贤惠美貌公主，迎娶其为王子妃最为般配。于是国王命使臣带着贵重聘礼前往该邦国求婚，并将另外四个小邦的公主一道迎娶进宫内，赐封为王子妃。

不久，国王召见王子，并道：

王子请听父王说，
本王热炯拉囊达，
二十五岁登王位，
如今已年过半百，
喜欢隐居无人处，
治理王国之大事，
理当由你来继承！

王子心想，现在继承王位不合适，虽然父命难违，但要略表心意，于是禀奏道：

哎嘛无上法轮王，

国君请您听我说，

王子曲吉嘎瓦我，

母后遗弃之孤儿，

还需父王疼惜我。

自幼王位江山等，

视如地狱放弃后，

希望出家为僧侣。

然而父王除了我，

没有其它兄和弟，

不曾违抗父王命，

暂且生在尘世中，

为您许下此诺言。

然而如今本王子，

虽说年纪并不轻，

先祖传统不曾见，

政教内涵并不懂，

难以接受父王命，

父王继位之范例，

未到二十五岁前，

请您给我自由身，

否则隐居深山中。

听了王子恳切的请求，国王也只好准许。

随后，在王宫里，王子同众妃子、随从沉醉在妙法的喜乐中，色桑玛也同王子分享功德。某天夜里，她的梦中出现千手观世音，为她加持，并命说到王子曲吉嘎瓦处吮吸密宗甘露。王子难拒色桑玛的请求，为以色桑玛为主的内眷传授密宗甘露。而色桑玛密奉身口心等坛城，道：

年轻有为王子尊，

曲吉嘎瓦仁波切，

我的名叫色桑玛，

意为善心如黄金。

生在腹地邦国里，

虽说公主女儿身，

贪念把人落世俗，

前世资粮并不浅，

幸好遇上王子您，

如今尘世苦海中，

究竟脱离方便门，

容易获得之妙法。

请您垂怜恩赐我，

今生后世皆明白，

殊胜预言道给我。

王子回道：

三时究竟皈依处，

顶礼无疑佛法僧，

未获究竟佛果前，

请你垂怜永不弃。

爱妃叫你色桑玛，

名副其实无人及，

你的忠贞如纯金，

前世福德很充足，

请你认真听我言。

虽为卑微女儿身，

妙聚智慧崇佛法，

固有如此好根基，

从今修行其正法。

遇上曲吉嘎瓦我，

实属前世祈愿因。

未能师从诸上师，

洞察深广之教诲，

无法传授无边法，

然而为君劝尔等，

放弃懒惰勤善业，

不堕俗念要知足，

鲜有真心利他者，

促人修佛更难得，

推荐妙法为好友，

如此厚德需知恩。

既然皈依如我佛，

世间妖神不能依，

只要信奉殊正法，

诸佛教诲不能弃。

依止佛门僧伽众，

外教邪道岂能从，

但凡皈依佛三宝，

遭遇万敌可不惧。

有寂困苦解决者，

只有殊胜佛法僧，

唯有救主佛曾说，

众生彼此为母亲，

如此确凿之真言，

无故放弃实惭愧。

大千世界存内心，

彼此恩典已昭然，

报答此恩无他法，

唯有修持菩提心。

感念众生获佛果，

修行祈愿并发心，

勤勉学习六度为，

诸佛降临之依据。

身为骄态异形状，

飞扬跋扈蔑视人，

皈依三宝不虔诚，

此乃诸法所不容。

口中乱言把人骗，

恶言离间损他人，

流言诽谤无节制，

此乃诸法所不容。

心思多变持无明，

不图善心依靠恶，

就算修行菩提果，

此乃诸法所不容。

预防贪念思施舍，

治疗无明念缘起，

消散愤怒怀慈悲，

克服懒散入禅定。

免除吝啬修无常，

防范诸恶修菩提，

若要简略修身法，

三时昼夜守三门，

坚定信念永不懈，

顶礼上师和本尊，

力图获得其加持。

心中常念白度母，

诵念咒词如河流，

众闻遍传为秘诀，

所为慎重意志坚，

修法阻碍颇为多，

时而妖魔蛊惑你，

为此谨慎而为之。

放弃十恶从十善，

如此甚好色桑玛，
本王疏懒不勤俭，
没有资格勉励你，
母后教诲无瑕疵，
心怀好意不算罪。
你和曲吉嘎瓦我，
此生很难相伴随，
未来菩提圆满前，
将会频频相遇之。

王子言毕，色桑玛请求恩赐预言，虽教言颇多，但内容大同小异，故此省去。王子和爱妃恩恩爱爱彼此交心时，色桑玛略微感伤地道：

贵为一国之千金，
鲜有福德入空门，
生性无明智力弱，
幸好遇到殿下您。
殊胜密教之口诀，
全部方法赐予我，
三时真理让我明。
然而预言您和我，
鱼水不能久厮守，

命中注定王子您，

皈依处在鸟类中，

此话让我心生寒。

如果真有此等事，

怎奈让我活下去，

上则你要待瓦城，

中则救主携我走，

下则生命自尽之，

王子殿下垂怜我。

王子又回道：

但凡皈依瞬时间，

心想事成除恶意，

无疑殊胜之三宝，

永远顶礼在头顶。

请你听我色桑玛，

身为卑微女儿身，

生在王室贵族里，

崇尚佛教修妙法，

前世资粮真不浅。

我乃喜爱佛正法，

治理王国众百姓，
愿意永远为人身。
慈悲为怀母后她，
实乃三时皆通明，
母后临终预言说，
不久此身有变化，
愚钝如我不会料，
母后预言能不信？
若是不测将发生，
我岂能把你携走？
获得暇满人身时，
哪有自尽之道理，
不如跟随诸菩萨，
吮吸妙法之甘露。

王子言毕，色桑玛也有所领悟。曲吉嘎瓦王子既然早知自己会通过换身术将自身化为杜鹃，后来何故又装不知呢？这是因为，前世因果业力产生时，如同睁眼跳入深渊，明知有方法，却置之不顾，因此可见众生业力，君命都难以改变，此乃言外之论也。青颈鸟青年时学习换身术以及母后圆寂之内容——第三章终。

第四章

话说某天，王子白天陪同国王和诸大臣、王妃一起参与娱乐庆典和法事活动,夜里同色桑玛王妃同居一室,一起深讨佛法。兴许前世业力使然，有个名叫萨热斯底的王子妃心想：“色桑玛和我都作为藩国的公主，被迎娶为王子的妃子，凭什么王子对她宠爱有加，对我不予理睬，这岂不是蔑视我的存在？”于是嫉妒的火苗从她胸中熊熊燃烧起来了。故她百般献媚，与王子的陪臣蓝嘎阿尼私通，并唆使他道：“我等同为藩国的公主，进入宫内后，王子宠爱色桑玛，对我视而不见，我已经受够了。你有何良策？若你替代王子当上国君，我岂不是可以名正言顺地成为你的王后？”

蓝嘎阿尼道：“就算王子不宠爱你，那也无计可施，王子作为菩萨的化身，岂能加害于他？就算你能成为色桑玛，我永远不会成为曲吉嘎瓦王子，我还是照世袭当王子的陪臣吧！”

萨热斯底道：“蓝嘎阿尼，你怎么能这样说呢？谁也无法证明王子有何神通,臣子登上王位者自古有之。再说,比起王子,你能言善辩,英俊潇洒,足智多谋,你总有办法,定能登上王位。”

蓝嘎阿尼道：“就算你把我捧到天上，王子自有灵通，我岂是他的对手？王子对我的恩典苍天可鉴，若是我对他加以伤害，将遭到因果报应，再说瓦拉纳西百姓也不会放过我们。”

萨热斯底道：“若你不如我意，我宁愿一死了之。”言毕，痛哭流涕，抱着蓝嘎阿尼不放。

前世造业难以改变，蓝嘎阿尼抵挡不住萨热斯底的娇娇滴滴，改口道：“既然你到了如此田地，我也无其他妙计，看利用换身术，可否有个了结。”

蓝嘎阿尼已经答应萨热斯底，不过到底王子有没有预见的本领，他要探个究竟。于是某天王子在宫外散步时，蓝嘎阿尼指着事先安置在附近一小屋里宝座上的一个盛有不净物的金瓶，问王子：“殿下，内有何物？”

王子道：“内有宝物。”

蓝嘎阿尼有些生疑，又让萨热斯底装病，问：“如今萨热斯底王子妃已经病入膏肓，这可如何是好？”

王子道：“爱妃受天龙八部之害，故迎请僧伽念经掷食子方可痊愈。”

蓝嘎阿尼对王子的通灵已经产生了怀疑，但是为了测试王子的法力，他又从街上寻来一个衣着褴褛的下等种姓人，经沐浴、更衣后，假扮婆罗门族，故意让他站立在王子所看见的方位，问王子：“此人为何种姓？”

王子回道：“婆罗门。”

蓝嘎阿尼把自己的所见所闻如实告知萨热斯底，并且胸有成竹地说道：“请你大可放心，如今用换身术，可以蒙骗王子。”萨热斯底难掩迫切激动的心情，将各种金银财宝作为信物献给蓝嘎阿尼，并道：“若你蒙骗国王父子，顺利登上王位，即可了却我此生最宏大的愿望。”

自此蓝嘎阿尼头上象征外道自在天魔的势力如同滚动的乌云，形影不离。诸菩萨和殊胜三宝明知这些诡计，但是曲吉嘎瓦王子命中注定将要造化鸟类，为此没有阻拦。

蓝嘎阿尼指着事先安置在附近一小屋里宝座上的一个盛有不净物的金瓶。

蓝嘎阿尼背着王子，四处寻访，终于从王宫北侧离林苑不远的地方发现有一条名为玛哈杂纳的河流。河流对面有一个植被茂密的原始森林。蓝嘎阿尼回来后，禀奏王子，道：“殿下愿不愿意到林苑去散心？”

王子问：“若有特别之处，可以去。”

蓝嘎阿尼忙回道：“王宫北侧有一个我们从来没有去过的林苑。”

王子道：“那好，明天启程吧，你去备好座骑和服饰。”

蓝嘎阿尼问：“殿下，诸王妃同往，还是少年伙伴同往？”

王子道：“少年伙伴。”

然而，一切准备就绪，择日临走时，国王和王妃都生怕王子发生不测，纷纷加以阻挠，但是谁也没有劝住一意孤行的王子。随后，法臣罗智热桑之子加白巴姆，藩国王子雪尼顿觉，头人之子郎桑和闻喜等小伙伴陪在王子左右，兴高采烈地出发了。

临走的时候，满怀踌躇又心怀不安的蓝嘎阿尼祈求自己的救主，保佑他心想事成，顺利凯旋，并偷偷带来两只没有外伤的杜鹃死尸。行走的路上，王子突然心生悲伤，道：

古如热扎纳扎呀纳木！

无疑依止数三宝，

无比救主为上师，

无垢虔诚顶礼您，

永远不弃保佑之。

曲吉嘎瓦为姓者，

善积资粮得人身，

贵为宗室遇佛法，

殊胜三宝垂怜我，

然而福分并不够，

难得人身不珍惜，

虚度年岁生性愚。

至尊上师视不见，

利他利己皆不成，

投胎转为王子身，

呜呼三宝请保佑。

至此究竟解脱前，

除非等觉和正法，

殊胜僧伽无人救，

皈依三宝永保佑。

王子祈愿后，内心悲伤反倒不减陡增。此时空中有个无形的声音，道："即将换身不为人，王子莫怯发愿心，尊师保佑为利众，只怜王国苦百姓。"

随后王子一行到了林苑，尽情游戏玩耍。一会儿，蓝嘎阿尼道："殿下，是否愿意到玛哈杂纳河去游玩？"

王子问："哪有此河？"

蓝嘎阿尼回道："离此地不远。"

王子道："好，走吧。"

随后王子一行一路游玩到了玛哈杂纳河边，河对面的沙漠边沿上有片百花齐放、植被茂密的森林。王子龙心大悦，问蓝嘎阿尼："如此神奇的森林，可曾为他国所占领？"

蓝嘎阿尼回道："殿下，没有。"

王子问："有何殊胜之处？"蓝嘎阿尼穷尽思虑，把玛哈杂纳河狂赞一番。由于造业弄人，王子道："蓝嘎阿尼，我们到河对面去游玩，你命人回宫取皮舟！"

蓝嘎阿尼知道机会来了，于是背着他人，掏出杜鹃的死尸给王子，献计道："殿下，为何我俩不施换身术，灵魂钻入杜鹃的死尸，飞到对岸呢？"

王子欣慰之余，不无好奇地问："如此短时间内，如何得来无皮伤的杜鹃死尸？"

蓝嘎阿尼不慌不忙地回道："为了王子尽情玩耍，我早已准备好了。"

王子又道："极好，然则我们跟其他小伙伴一起前往，你还是派人去取皮舟吧！再说换身术是婆罗门殊胜秘方，我等岂能用来游戏？"

蓝嘎阿尼道："我们可以取皮舟，可是时间已晚，若您父王知道，必会大怒，自然迁怒于我等，故我俩施换身术而往之。"

王子道："那么今日我们返回宫内，明天禀奏父王后往之。"

蓝嘎阿尼道："殿下，今天只为消遣散心，国王和诸王妃都加以阻挠，恐怕以后再也不会让我们去玩耍。”王子不由地动了心，说要打发其余的小伙伴，于是对他们道：“好样的小伙伴们，你们去采集花儿，我和蓝嘎阿尼在此等候你们，没有通知你们之前，切莫回来。”

小伙伴们异口同声道：“殿下身在何处，我们也跟在一起。”蓝嘎阿尼呵斥道：“难道你们不从君命？若你们不依，等王子登位后，你们的头颅也由不得自己了。”于是诸伙伴怯怯地离去。

随后，王子和蓝嘎阿尼把自己的身体寄托给当地鬼神等护法处。施法后，二者灵魂钻入杜鹃的死尸，朝着对岸飞去。在河对岸的森林中，正当王子盘旋玩耍，采集花草野果时，蓝嘎阿尼趁着王子不注意，偷偷飞回彼岸，将灵魂迁入王子的躯体内，自己的躯体弃入玛哈杂纳河，之后故意大声喧嚷。诸伙伴闻声赶来，问王子：“殿下，何故如此？”

蓝嘎阿尼扮演的假王子以万般悲痛之状道：“蓝嘎阿尼不慎跌入河中，被河流冲走了。”

言毕，哭天喊地，小伙伴们信以为真，劝解道：“殿下，请您不要悲伤，只要王子贵体安康，瓦拉纳西有的是贤能的臣子，我等将来为您肝脑涂地。”然后他们随假王子匆匆返回瓦拉纳西。

换身为杜鹃的王子，为了寻觅花草野果，久久沉迷在茂密的森林里。当他疲惫后，想找伙伴飞回彼岸，可是寻寻觅觅，怎么找都找不见，最后他生怕伙伴遇到不测，呻吟道：

无疑救主之三宝，

此刻需要保佑我。

今至幽静森林中，

果树花草虽奇异，

自幼肝胆相照之，

挚友蓝嘎阿尼他，

到处寻找不见影，

莫非遭敌之算计，

生命可曾危险乎？

若是未能找到他，

有何脸面回王宫，

如何禀告我父王，

千户大人怎交代？

祈请三宝保佑他，

快让我们能相见。

这时，王子眼前突然浮现出一片乳汁般的云雾，其中有个白衣仙子，上半身露在云端，道：

曾经对你预示过，

难道忘到云霄外？

朋友把你加害后，

已经回到王宫里。

随后，王子和蓝嘎阿尼把自己的身体，寄托给当地鬼神等护法处。施法后，二者灵魂钻入杜鹃的死尸，朝着对岸飞去。

王子心想，难道蓝嘎阿尼施计，把自己给蒙骗了？于是匆匆飞到对岸寄存躯体处，果然不见自己的躯体，众小伙伴也不知去向。王子恍然明白是蓝嘎阿尼施计，假扮成自己，且已经回到瓦拉纳西王宫里去了。

天色渐暗，无计可施的王子后悔当初沉迷偏术，不修正法，看这眼前这一幕，更是悲痛欲绝，满心凄凉。于是自言自语道：

如闻获得解脱种，
皈依得以渡苦海，
无疑救主如来佛，
顶礼正法众中主。
无依无靠王子我，
没有究竟解脱前，
无论苦乐和好歹，
全仗您赐恩典来。
保佑时日今已至。
父母双双如日月，
大臣好比众行星，
百姓如同满天星。
幸福光芒普照时，
度母化身之母后，
各种美食哺育我，

身裹绸缎不曾寒，

沐浴妙法甘露中。

然而整日求偏术，

昼夜不停玩游戏，

虚度黄金之童年。

母后素来叮咛我，

暇满人身难以得，

人生无常如闪电，

何来游玩之空闲，

不如行善修佛法，

然而恕我不曾听，

总想年长修妙法，

儿时随心可玩耍，

岂料如今落难为，

无明飞禽身体时，

除了正法无他法，

除了三宝无依靠，

除了福田无享乐。

游戏玩耍之所在，

今日方知无意义，

然而后悔已经迟。

王国百姓无福分，

王子更是无资粮，

母后辞世归极乐，

然而父王和众臣，

不曾忽视厚待我，

荣华富贵让我享，

身披绸缎如锦绣，

整个王国无人企，

闭花羞月为美人，

藩国公主迎宫里，

情投意合之挚友，

自幼封为我陪臣。

行则大象和马车，

所有坐骑只等闲，

停则绸缎盖宝座，

随时等我坐上去。

玩则歌舞魔术等，

只等让我瞧一眼，

任何欲念和要求，

及时让我满足之。

故此我心随热闹，

不厌其烦求享乐，

心想终究要修佛，

只是暂且为父王，

以及妃子之体面，

担当国君之责任，

无暇人生空闲时，

未能修行让人悔。

莫说尊贵之王位，

生于母胎之身子，

如今已不由自己，

换身飞禽之时刻，

何来江山和妃子？

何来臣民和享乐？

何来忠义和挚友？

唯有三宝保佑你，

唯有因果相伴你，

唯有正法利益你。

世间圆满和利乐，

身份地位和钱财，

好比水木无意义。

不顾众人持反对，

天地友谊存心间，

水乳相交之挚友，

如此所为奈何之，

只怪人间无信义。

殊胜三宝加持后，

重获暇满之人身，

不曾懒惰如上世，

修行究竟之硕果。

此时，暮色已深，既无人声，更无犬吠。林中的鸟儿们在叽叽喳喳的叫唤声中，寻找自己的巢穴。各种动物，以不同的习性，或躁动，或平静，在树林中活动，偶尔还有阵阵妖风呼啸着吹过树林。王子心生恐惧，回想母后临终时说的那些遗言，心如刀割。王子心想：恩重如山的母后仙去后，孤苦伶仃的我才会惨遭不幸。于是连喊三次母后的名字，悲痛地边擦泪，边道：

无疑三宝妙聚身，

三时菩萨之佛母，

膜拜顶礼您足下。

呜呼母后在何方，

垂怜孩儿现模样，

母后反复教诫我，

只怪不听贪虚无，

如今孩儿悔青肠。

度母化身之圣尊，

虽无生老病死苦，

为母年过四十时，

得病之状辞人世，

从此归于乐刹土。

我等臣民鱼水别，

围在枕边痛苦时，

玉手莲花抚我头，

目光炯炯把我看，

不舍牵挂藏心里，

教诲妙语如珍珠。

尤其遗言最末句，

我将往生何须悲，

你的父亲大法王，

暂时鬼怪附上身。

若是儿你遭不幸，

务必祈祷为三宝，

言毕撒手人寰状，

如今追忆仍清晰，

然而永无再见时。

母后您归极乐后，

儿我留在瓦城里，

岂料被人蒙骗后，

顿失亲眷和享乐，

无人恐怖森林中，

独身一人变禽兽。

母后恩典思心中，

红尘执念已弃绝，

依止三宝时日到，

可怜王子被您弃，

世上再无他人救，

至尊三宝请保佑。

至此，在一片黑暗中，王子悲伤之余，惴惴不安地躲在树梢的一片树叶下。到了午夜时分，云层逐渐散开，晴空万里，星斗灿烂。然而后半夜，天上乌云骤起，电闪雷鸣，倾盆暴雨不期而至。刹那间，雨水的冲撞声、狂风的呼啸声、树枝折断的嚓嚓声等庞杂的声音天崩地裂似的炸开了。王子眼前一片漆黑，连自己的身形都无法见到。王子落脚的树枝被狂风吹得摇摇晃晃，几欲坠落，王子只好用爪子拼命地抓住树枝。此时王子心里充满恐惧和悲伤，几乎要昏厥过去，然而恍惚之中，他力排万难，鼓起勇气，为自己鼓励道：

虔诚顶礼佛三宝，

消痛驱暗请加持，

祈愿无尽苦海中，

无明水怪受害者，

我等众生渡彼岸。

国政经济之湖面，

盛开臣民莲花中，

幸福翅膀不停者，

持法国君王子身，

如今换为禽兽身，

无依无靠独自游。

冷热饥渴难忍受，

尘世有何可执恋。

金碧辉煌王宫里，

尊贵天子虽骄纵，

岂料黑夜遭暴雨，

任随漂泊无人林。

此乃红尘之本性，

虽非独我遭横祸，

让我心中生悲凉，

请你救我佛三宝。

妙聚资粮宝座上，

身披绫罗之王子，

怎知荒野森林中，

落在粗野枝条上，

此乃红尘之本性，

虽非独我遭横祸，

让我心中生悲凉，

请你救我佛三宝。

锦绣绸缎为华盖，

王子不曾滴水淋，

如今浪荡树林中，

时时暴雨所侵袭，

此乃红尘之本性，

虽非独我遭横祸，

让我心中生悲凉，

请你救我佛三宝。

悠扬歌声虽短暂，
拨动王子之心弦，
风雨呼啸野兽叫，
岂堪忍受生恐惧，
此乃红尘之本性，
虽非独我遭横祸，
让我心中生悲凉，
请你救我佛三宝。
美丽贤德众妃和，
良臣簇拥未来君，
怎奈鸟类猿猴等，
畜生相随度时日，
此乃红尘之本性，
虽非独我遭横祸，
让我心中生悲凉，
请你救我佛三宝。
人间美食佳肴等，
挥霍享用之天骄，
孰知难忍饥渴后，
野果充饥喝生水，

此乃红尘之本性，
虽非独我遭横祸，
让我心中生悲凉，
请你救我佛三宝。
五官端正富贵相，
天资英俊貌似仙，
怀胎母体降于世，
岂料身子被人夺，
如今灵魂转投为，
颈带青条羽毛稀，
色黑质硬喙爪者，
无明杜鹃之体内，
此乃红尘之本性，
虽非独我遭横祸，
让我心中生悲凉，
请你救我佛三宝。
请听天子格登邦，
亲朋好友固不在，
为了鼓舞勉自己，
深思熟虑壮胆气。

生在上族天子你，
父母心疼爱子你，
臣民拥戴国君你，
智慧披甲英雄你，
化为禽兽何须悲？
你的缘德颇为多，
适逢无误之正法，
依止上师德望高，
皈依三宝依靠强，
慈悲怜悯根基牢，
不离大乘心底善，
悲念无常鼓劲足，
缘起性空观念正，
谨慎从事护法严，
除此有何值留恋，
得到君王之名号，
虽然享乐略有失，
何必如此悲伤之？
此乃红尘本性也。
统辖三千世界之，

帝释天和梵天等，

法轮王都坠地狱，

遭受烈火之煎熬；

暂图喜乐无雨水，

沉湎禅宗修行者，

频遭无限之痛苦，

无间地狱受火刑。

天界河水猛涨时，

沉醉无比享乐中，

众多神子仙女等，

最终不愿自然离，

触摸瞬间皮肉开，

模样恐怖狱司等，

将其煮在铜锅里，

滚烫肉酱频频搅。

无人能及汇聚为，

穷尽馋享五欲乐。

天庭美丽之仙女，

沉湎骄奢淫逸事，

岂料落入刀山和，

铁刺树林心狱里，
反复砍断五肢等，
难忍绝世之酷刑。
只闻不曾欲念为，
聆听动人心弦之，
乐神之音和琵琶，
纵有无穷欢喜在，
斩杀嘲笑揶揄词，
粗暴难闻随耳畔。
再次听我格登邦，
你曾投胎为梵天，
统管三千诸世界，
时而坠入地狱里，
口饮滚烫之铁水，
时而转为猪狗身，
所食不净之物体，
堆如小山奈何之。
一夜所受之困难，
如此胡言又乱叫，
若是生在无间狱，

你该如何去应对？

此世有漏喜乐后，

无尽痛苦自然来，

所有富贵得后失，

积累财物他人用，

亲朋好友聚后散，

此乃尘世规律也。

不是唯有你的份，

胡乱鸣叫无益处，

不如寻求究竟道，

无疑三宝垂怜和，

你的虔诚祈愿因，

不久为母芸芸众，

离苦得乐渡彼岸。

王子言毕，风止雨停，乌云散去，突然晴空万里。于是王子又道：

云朵聚散瞬间，

天空阴晴不定，

有为法如闪电，

瞬间变化无穷，

此乃谓之无常！

一夜惊恐，让王子心神不定，度时如年。翌日，空中银白色的晨曦逐渐明亮起来，朝阳带着万丈光芒，跃然出现在东方。王子心想：“我虽身为禽兽，但是心智极为清楚，跟人身时无两样，如今我该回到瓦拉纳西，落在王宫的金顶上，拜见父王和众妃子，但是走之前应先祈求三宝。”于是落在附近的一棵大树上，祈祷道：

哎嘛上师三个宝，

可怜请听我祈愿，

如今不辞垂怜我，

除你不曾有人救。

拜吾尊师持恩者，

母后玛德玛哈娜，

我等弃后投极乐，

王子曲吉嘎瓦我，

孤身一人离亲眷，

困在茂密森林中，

不能利益自他业，

可怜换身为杜鹃。

此乃前世之造业，

人世无信可言之，

从此我的苦和乐，

请求三宝保佑之。

无家游在森林时，

三宝你是我救主，

无友孑然一身时，

三宝你是我亲朋，

无食遭遇饥荒时，

三宝你是我施主。

王子言毕，正要飞走时，为无助众生昼夜不停地忙碌的观音菩萨，化为一只羽毛闪闪发光的漂亮杜鹃，落到王子身边。为了试探王子，观音菩萨故作不明白，道：

悠扬歌唱青颈者，

何来此地有何事？

何去何故鸣悲歌？

皈依何处孤一人？

有何特殊之能耐，

愿意跟我相伴乎？

请你如实告诉我。

王子回道：

真实皈依如来佛，

以及佛子敬顶礼，

碧绿无价绿宝石，

镀如纯金之身子，

悠扬妙曲之歌谣，

阵阵鸣唱让人醉。

闻你我心生敬仰，

见你模样我随喜，

故此我所经之事，

不瞒如实告知你。

我是瓦拉纳西城，

拉囊多旦王之子，

曲吉嘎瓦格登邦，

度母化身为母后，

不辞辛劳佑助我，

从此皈依空门中，

神圣三宝举头顶，

依止善恶因果业，

知足知耻如好友，

不曾怀疑其信念。

另外师从婆罗门，

法力无穷塔热巴，

勤勉学习换身术。

身为师尊之母后，
不见踪影如蒸发，
遗弃我等遂辞世。
从此父王和众臣，
江山社稷为我图，
岂料前世之造孽，
陪臣蓝嘎阿尼他，
被人蛊惑念王权，
利用蒙骗等手段，
为我实施换身术，
虽获暇满之人身，
不由自己他人使，
故此留在森林中，
如今何去无定数。
人世无常如梦幻，
思念三宝之恩典，
不由唱起悲歌来，
无二救主为正法，
依处便是众中尊，
此生顶礼佛空门，

力所能及勤修行，

除此一无可是处。

执念绳索把人拴，

业力无明由他走，

你我若是皈依同，

行为观念无差异，

不妨彼此相处之。

观音菩萨化身的杜鹃道：

哎嘛请听格登邦，

我是不变你救主，

为了保佑来此地，

你的所说我皆知，

母后玛德玛哈娜，

实为度母化真身。

有人施法把你害，

化为禽兽之身体，

只怪前世造的业，

你和陪臣存冤孽。

请你认真听我说，

持法何处都心安，

不要灰心发愿力，

有你前世之资粮，

有我虔诚之祈愿，

能说会意之禽兽，

必将成为你信众，

终究利他事如意。

身为杜鹃的王子，知道神鸟为菩萨的化身无疑后，请教各种疑难和妙法之次第，如数掌握后，同神鸟沐浴在妙法的甘露中，相处数日。神鸟对换身为杜鹃的王子，赐名为青颈鸟。然后，神鸟道：“无上诸佛之尊，顶礼阿弥陀佛，请你务必记住，你暂时同其他鸟类一起生活在森林中，一年以后，上师智美华旦将会在众随行的陪同下莅临此地，那时我也会来与你相见。”神鸟的话音刚落，便不见踪影了。

假王子一行到瓦拉纳西后，众多大臣和妃子到城外来迎接，色桑玛听到严谢之子的死讯后有些疑惑，正从王宫出来时，看见了王子一行。色桑玛以往看见王子时总有种情不自禁的喜悦，然而今日反倒心生反感，这加重了她的疑心，于是问候道：

利乐众生之怙主，

无疑三宝似佛子，

王子莲花之足下，

身口心皆为顶礼。

王子野外郊游时，

可曾随喜安康否？

林苑盛景可曾观？

神像灵庙可瞻仰？

假王子也如实地回复了。虽无破绽，但色桑玛过去听见王子的声音，心生安乐，然而今日反倒急躁不安，于是心中疑团越发不可收拾。千户严谢闻听儿子被河流冲走的消息后，难掩悲伤之情绪，跃入深渊，以自尽谢世。作为王国显赫一时的千户和自幼陪同国王的宠臣，国王对其举行了隆重的葬礼，念经守斋，只为来世积德资粮。萨热斯底早知假王子为蓝嘎阿尼，心中暗自庆幸，并且那不可名状的心情，全然露在脸上。然而，瓦拉纳西君臣和百姓都没有发现天机，一切事态现象，依然如故。

随后，假王子不顾色桑玛等妃子的颜面，专宠于萨热斯底王妃。过去王子只钟爱于佛法，如今无所不作；过去王子常对众妃等亲眷讲经布道，如今断然不存；过去王子遇见佛门僧伽，常加以顶礼膜拜，如今横加指责，极为蔑视。

王子性情大变，引起国人的一片议论，但大家并没有发现王子乃是千户之子蓝嘎阿尼冒充的秘密。色桑玛知道王子精通数种语言，于是让其阅读相关经典，可能蓝嘎阿尼天资聪明，除了个别内容，基本都能读懂。色桑玛又指着王子曾经解读过的片段，询问此处如何理解，蓝嘎阿尼无法作答。色桑玛想起曾经的预言，洞晓王子是被人冒充的。于是在木牌上偷偷书写揭发的信，内容为：

无疑救主之三宝，

无二汇聚我导师，

王子曲吉嘎瓦啦，

三时顶礼您足下。

请听君臣为首要，

瓦拉纳西众百姓，

天上婵娟已归西，

狐假虎威岂能容？

小女不愿蒙鼓里，

为了一心寻妙法，

只得浪迹天涯处，

如上所说真与假，

不久将来终究知。

色桑玛写完揭发信后，趁着黑夜将木牌挂在宫门外，自己悄然逃走。

翌日天亮后，大臣罗智热桑得知消息，匆匆卸下木牌，呈奏国王道：“色桑玛王子妃已不见踪影。”国王本来对王子的言行有所不悦，看到此木牌上的内容，方心生怀疑。不过暂时没有其他王子可继承王位，国王无计可施，只能悲伤之余，暗自落泪，自然也没有派人追捕色桑玛。假王子得知色桑玛潜逃的消息后，勃然大怒，命捕头四处追捕。当捕头快要追捕到时，色桑玛祈求三宝保佑，才得以逃生。捕头们追了几日，没有结果，

色桑玛写完揭发信后，趁着黑夜将木牌挂在宫门外，自己悄然逃走。

只得空手而归。色桑玛想起王子利生事业不在人身而在于禽兽的预言后，为了寻找其身，来到密林丛中。她遇见鸟类，以为是曲吉嘎瓦，便直呼其名，鸟类见状受惊，纷纷飞走。

白天，色桑玛被各种野兽追逐，差点成为它们的口食。夜里，鬼怪的悲泣声，野兽的嚎叫声，各种恐惧的声音此起彼伏。她整日饮食生水和少许野果，逐渐瘦如干柴，模样如恶鬼，苦不堪言。但即使口中乱言，或者手舞足蹈，她仍心系三宝和王子。某日她看见一庞然野兽，惊慌逃避时，不幸昏厥过去。醒来后，她心想，王子换身为禽兽，已无法找寻；前去腹地故土，未必能修行，路途更是迷茫；回去充当瓦拉纳西百姓，心有不甘。再说此生既然无缘和曲吉嘎瓦共修妙法，希望来世与曲吉嘎瓦相逢，共续前缘，双修空门。于是色桑玛悲悲戚戚地祈祷道：

无疑三宝如至尊，

罪人我来祈祷您，

保佑我的时日到。

呜呼三个如意宝，

诚望能够垂怜我，

王子旭日如升天，

色桑莲花被霜摧，

鬼魔出行无人地，

孤身一人四处游。

据说曲吉嘎瓦他，

利生事业在飞禽，
凡见飞禽遂问询，
岂料见我如猎人，
断然逃走未如愿，
让我悲从心中生。
野兽鬼怪追我身，
欲作餐食好充饥，
风雨交加多烦扰，
有味熟食不曾见，
饥渴炎暑随相伴。
各种痛苦袭我来，
几度怀疑生地狱，
无助如同禽兽身，
饥渴堪比恶鬼道，
恐惧似那中阴魂，
前世做了何罪孽，
让我饱受因果业？
父王热扎持法和，
母后梅朵根泽俩，
自幼让我披绸缎，

赐予人间诸享乐，
如今心肝宝贝我，
无助孤苦一个人，
四处游荡无定数，
恩重父母若是知，
呜呼心中怎堪忍？
洗涤装饰之肉身，
欲入佛门未达成，
如今如同草菅般，
该是放弃时候到。
前世资粮过于浅，
未尽善业之举动，
然而父母恩典和，
王子怜悯佑助后，
少许造化之福分，
以及世代积善果，
都将融聚为一体，
三宝为我做证明。
所有祈求如心愿，
陷在生死疲劳中，

受苦受惊有情众，

但愿苦海干枯后，

得到终究之解脱。

有情众生如生母，

但愿我成如愿宝，

愿作瞎子之眼睛，

愿成聋子之耳朵，

愿为愚者给聪慧，

愿为哑巴赐语言，

愿为饿者施食物，

愿为弱者予勇气，

愿为痛者当救星，

愿为暑者当月亮，

愿为寒者当太阳。

人世八大之恐惧，

终将一一被化解。

追求妙果之人们，

给予究竟之解脱，

暂图荣华富贵者，

赐予荣华和富贵。

未获无上佛果前，
皈依三宝从不疑，
利他事业为己任，
志怀不二菩提心，
行如无碍佛子行，
成就堪比观世音。
待我离开人世后，
王子曲吉嘎瓦他，
无论何处能相见，
同入佛门共修行。
至亲换身为鸟类，
抑或生在乐刹土，
但愿速速相会后，
苦海当中把我救，
永远加持保佑之。
除此生世为众生，
恩者投胎为何处，
我也随后投胎之。
即使没有大灾难，
全力投入众生业，

尤其没有同伴时，

我将成为你伴侣。

生生世世获利乐，

遇上无上之佛法，

放弃世俗众执念，

昼夜只为善业忙。

无论遇到何阻碍，

宁愿粉身或碎骨，

殊胜三宝和善心，

分分秒秒不要弃。

我受万般之痛苦，

都为众生作替代，

众生离苦将得乐，

祈愿三宝如我愿。

色桑玛祈祷完，准备将自己的身体献给野兽。当她正朝野兽快速行走七步之时，眼前突然出现了一个不知从何而来的圆头赤脚、身披袈裟的比丘，他盯着色桑玛，自言自语道：“没有其他法友，突然见个女流，不甚好！”言毕，他摸着头，摆出要走的样子。色桑玛本来敬仰佛门僧伽，加之失去王子的悲痛涌在心头，边哭边向他顶礼膜拜，道：

无疑三宝如意尊，

请您多多保佑我，

获得究竟硕果前，

请您不要把我弃。

至尊化身比丘您，

听我慢慢道上来。

您为出家佛圣徒，

摒弃无明[1]如上师，

若是您不垂怜我，

唯有选择舍己命。

可怜姑娘色桑玛，

命中注定生尘世，

前世资粮不够好，

投胎转世女儿身。

天竺腹地富强国，

国王咋亚为我父，

自小信奉佛三宝，

尘世执念视牢灾，

仰慕佛门之僧伽，

常念出家为僧尼，

---

1 无明：指不能见到世间实相的根本力量，也是人们执取和贪嗔的根源。——译者注

昼夜不停坐禅定，
然而命运捉弄人，
远嫁瓦拉纳西国，
成为王子之爱妃。
一心一意侍奉他，
无话不谈如知己，
然而不知造何孽，
王子殿下遭不测，
故此难消心中悲，
流落林中徒悲泣。
为了逃离轮回苦，
请将正法赐予我。

色桑玛把自己的遭遇如实告诉了比丘。比丘心想此女如此坚信佛法，岂能有不救的道理。于是盘腿坐在地上，双手合十道：

三世如来二谛法，
顶礼菩萨和声闻，
我皈依处佛三宝，
你均虔诚仰慕之，
如今遇上比丘我，
不变因缘之结果。

人世无常如闪电，
前世为人好造业，
今生信奉佛三宝。
生在王族家室里，
活在信佛国度中，
若你做了善事因，
无疑得出善事果。
本欲出家为僧尼，
不由成为王子妃，
说你业力不可阻，
好比影子随鸟飞。
心存善意不曾害，
此生遇上好王子，
只要自己心术正，
诸佛菩萨都保佑。
王子虽然宠爱你，
人生半途遭意外，
聚散有变无定数，
生老病死乃常理。
孤苦无援浪天涯，

遭受难忍之痛苦，

此乃人世如梦幻，

毫无意义之明示。

如今遇上比丘我，

殊胜三宝心向之，

纵使暂陷不幸中，

终究得到众利乐。

素日生活之细节，

懂得观察皆为法，

若你真心修妙法，

守戒需要授人戒。

你乃投胎为王族，

身为无明女儿身，

善变多虑无志气，

习惯荣华和富贵，

只怕难以忍受之，

倘若未能守戒律，

师徒均要遭不测，

你若信念未曾变，

倒是我愿授你法。

比丘言毕，色桑玛承诺不违戒律，严格律己，从而获得比丘的信任。随后至比丘处，受戒出家为僧尼。比丘从神树上施法变出一个袈裟，让其更衣，并赐法名为向曲桑姆，授予殊胜灌顶，让其修菩提道，求究竟佛果。接着吩咐她去天竺南方的王国，随后如彩虹消失于眼前。之后关于向曲桑姆在边城和小镇中以修行化缘度日，常常闭关修念上师比丘所授予的观世音菩萨密诀，并成就为瑜伽尼，最终与青颈鸟相会的内容，后文可见。

殊不知，此比丘是上师智美华旦的化身，后又辗转降生到藏汉等地，如演绎的戏剧，以各种身份，为众生解难除害，造福四方。

此时，瓦拉纳西城里，假王子通过各种手段，继承了王位。从此假王子明目张胆，无恶不作，瓦拉纳西众百姓陷入水深火热之中。假王子何止不敬僧伽，对父王更是不孝不忠。悲愤交加的国王一病不起，整日不进饮食，原本雍容富态的贵体变得瘦骨嶙峋，惴惴不安地独处在王宫顶楼。看到如此情形，了知换身术的部分内臣和百姓开始心生疑惑，而那些不知换身术的众大臣和百姓，都议论道："自从蓝嘎阿尼死后，王子变得如猛兽一般，作恶多端，原来以为他是菩萨化身，现在看来只是贤臣把他衬托出来的而已。"

额来王妃心有不忍，来到国王的病榻旁，道：

鸣呼国王请听我，

如今瓦拉纳西城，

无恶不作王子他，

造成如此之惨局，

想起王后预言否？

当年圣母肺腑言，

英明一世君王您，

妇人之见予讥笑，

三个贤臣逐荒地，

无为蓝嘎阿尼他，

封为王子之陪臣，

明知后果而为之，

如今王国如何办？

国王的悲痛难以形容，他思忖片刻，道：

无疑殊胜佛三宝，

我把头冠来顶礼。

爱妃所说不曾假，

只怪本王无主见。

自幼钟情于佛法，

得到三宝的保佑。

度母真身为王后，

一心秉持善事业，

然而不曾得子嗣，
再三祈祷诸佛后，
如愿喜得一王子。
王后如实预示我，
明知后果不曾听，
恶臣贼寇施法后，
偷换王子之身体。
促学王子换身术，
只为长生永不老，
岂料不幸害我子。
圣母不在人世间，
我知你心存怨气，
实乃没有其他法。
盛衰岂能无凭据，
有为诸法皆无常，
如今后悔为时晚。
圣母不曾教诲你，
为人不可嗔怒否？
请你不要如是说，
本王已经衰老矣。

额来听后，深感事不由人，心生怜悯和惭愧，不再言语。

国王心想："如今应设法降罪假王子，或赐死，或流放他处，然后邀请益西增等法臣回宫，将王位禅让给良臣。然而那天夜里玛德玛哈娜出现在国王的梦里，给我国王托梦道：'陛下，切莫如此悲伤，祈求三宝原谅吧！此乃陛下前世和今世所积罪孽的报应，倘若降罪或者诛杀假王子，您将继续遭到报应，故暂且不必惊动假王子，他日您的王位自然有人继承。'"

梦醒时，国王心想："过去我没有听取玛德玛哈娜的劝说，故遭遇如此多的灾难。如今托三宝垂怜，圣母托梦于我，如果不去听从，将酿成更坏的后果。"于是收敛了惩戒假王子的决心。有些知道内幕的大臣禀奏道："王子犯法与庶民同罪，一定要法办他。"国王一概不听，任他狐假虎威，不去理睬。王子换身为青颈鸟和神鸟相见部分——第四章终。

第五章

青颈鸟按照神鸟的授记，游走在森林里，以野果充饥。一日，遇见一只获得文殊加持的鹦鹉，对其道：

咯咯果果鸟儿声，

鹦鹉听懂妙法乎？

若是听懂诸妙法，

暇满人身无两样！

鹦鹉道：

讲吧讲吧讲妙法，

我愿洗耳恭听之，

只要合上禽兽意，

别的鸟类亦可讲。

青颈鸟喜出望外，心想，看来可以给鸟类讲经，它可以听懂人话。于是给鹦鹉传授皈依法，让鹦鹉给其他鸟类转授，使众鸟略懂一二。而诸如生死无常等佛法，青颈鸟用世俗情态加以比喻，更有妙效。

后逐步传授因果取舍等妙法，鹦鹉有所领悟，然其余飞鸟身为禽兽，愚钝难解。青颈鸟心想，看来无明使得它们不懂妙法，于是略感悲伤之余，祈求三宝加持鸟类，赐予智慧。在三宝的垂怜和保佑下，鸟类茅塞顿开，深受法益，并降伏内心，远离恶业，常念诵六字真言的鸟类达三十有余。众鸟遂奉鹦鹉为导师，取名为桑杰增，意为佛持。

青颈鸟自己在幽静的森林中，素日勤勉于修行。早晨修皈依和死无常；中午修因果业和轮回之苦；下午修慈悲，黄昏修菩提心；凌晨修空性；其余时间均心系三宝、施舍、戒律以及观世音，常诵六字真言。

一年以后，如神鸟所预言的那样，眼前的上空出现了彩虹等各种祥瑞。有一个菩萨模样的上师，其右侧立着一位仙子，左侧立着一位蓝衣仙姑，前面立着一位红衣仙子，周围还有无数侍从陪侍，他们踏着七彩祥云，款款而来。青颈鸟自然知道此乃神鸟所预言的上师智美华旦，自己虽身为鸟儿身无法磕头膜拜，但是如子得母，心中的敬仰之情无法遏制，遂向其摆出恭敬顶礼之状，并道：

世上无比如宝贝，

三时如来乐聚者，

享有无垢之名号，

上师足下我顶礼。

落难罪孽鸟儿身，

三宝慈悲保佑我，

获得暇满之人身，

圣母垂怜把我养。

师从塔哇婆罗门，

不辞求学换身术。

贪图权贵之挚友，

施法夺走我肉身。

别说世俗诸享乐，

自己身体不由己，

无奈林中游走时，

神鸟杜鹃把我救。

不辞怜悯预言说，

有幸拜见上师您。

今日遇见活菩萨，

全凭三宝护佑恩，

尤其我的启蒙师，

神鸟杜鹃所恩赐。

殊胜无垢上师您，

请为小鸟赐正法，

尘世之中得解脱。

青颈鸟把自己的悲惨经历如实启奏后，上师智美华旦道：

人世毫无利乐言，

苦海之中速逃离，

你言之事我已知。

诸佛关照所化时，

不偏不倚亦无障。

我把教法如甘露，

可以赐你需珍惜。

此生终有一死别，

死期何来无法料，

贵为王子不弃执，

今化禽兽悔无益。

凡是自由不求法，

失去自由奈如何？

胜义心显胜义谛，

世俗心示世俗谛，

善生利乐恶生苦，

苦多乐寡人世间，

我等有情众生都，

无明致陷轮回中。

回顾三途所受难，

众生苦乐方可知，

有漏皆为痛苦因。

脱离苦海救难者，

佛主二谛诸菩萨，

向其顶礼敬尊师，

接受妙法之教诲。

除此穷尽所有力，

万劫没有皈依处。

远离邪教从正法，

率尔从师损己愿，

邪念怙主把人惑，

选择上师需观察。

结交朋党需谨慎，

善者为你送善因，

恶者为你予恶果，

最好寻访金刚友。

无论寻找何法道，

菩提道次等三学，

无疑修持为正法，

不图懒惰刻苦学。

意志坚定拒放荡，

为人尊重存谦卑，

得来名利舍得让，

此乃佛法基本功，

为师之道需切记。

上师智美华旦简约致辞后，为青颈鸟生动而详实地说教了皈依上师法，直至获得究竟佛果的所有妙法，并为其加持，祈愿永不分离。上师智美华旦又道：“族善子，此乃获得究竟佛果的菩提道次第，另外，之前神鸟所授妙法也切莫忘记。从今五世后，你可从我处接受诸多深广的密宗口诀，为此随喜，授予你轮缘圆足法，然则此身不可为之，七日之后，我回来招呼你，你前往天竺南方。”言毕，上师智美华旦一行驾着彩云，腾空消失。

青颈鸟甚是欢喜，几乎连七天都等不及。七天后，两位长满棕色胡须的青年女子来到它跟前，道：“现可走也。”于是青颈鸟跟随她们前去，到了天竺南方名为若帕昂巴的坟墓。坟墓一处有个四方透密的空行道场之金刚洞，装有各种宝石的四方门口各立着两个守门空行。东门的两位守门空行把它迎请到金刚洞内。但见洞内中央的狮子座上，上师智美华旦头戴宝石头冠，以金刚持的姿势盘坐，周围拥立着无数勇士和空行等。上师道：“族善子，你身为禽兽，不能打坐！”

青颈鸟激动之余有些失落地问道：“那该怎么做？”

上师念着咒语，打个手势，突然青颈鸟化身为一个身穿各种宝物和服饰的孩童。上师道：“呈上资粮贡品和圣物。”

众空行把酒肉等各种贡品圣物备好。上师智美华旦开示密宗坛城，为其灌顶和加持。青颈鸟心生随喜和难言的明乐，亲眼看到密宗各部的主宗。随之，上师加持坛城，众勇士空行一起，享乐金刚歌舞。许久后，上师道：

青颈鸟化身为一个身穿各种宝物和服饰的孩童。

不由心生如梦幻，

所有现象为幻灭，

法界心智之所在，

何来分出一和二，

诸法皆为一场空，

……

上师尚未言毕，勇士空行、瑜伽僧尼等诸多随从，都进入其心中，又如梦醒来，化为班智达[1]装束，盘坐在虎皮坐垫上，周围或拥立或盘坐着白黄仙子、蓝色仙姑、比丘、沙弥、佐格派居士等。青颈鸟以孩童之躯，叩拜在地上，道：

智慧坛城诸本尊，

所有勇士和空行，

所变都是至尊您，

所化都是上师您，

如今方知怙主您，

三时诸佛之本质。

殊胜无疑佛三宝，

除您没有可依处，

右边白色小仙童，

1　班智达：这一称号来源于印度，意思是学识渊博的大学者，所以班智达在印度并不是佛教的名词，而泛指不受宗教局限的博学者。——译者注

莫非本尊所化身，

可否请您明示我？

左侧蓝色小仙姑，

以及诸君为何人？

白色仙子道：

诸佛菩萨之本质，

奇妙聚在上师身，

上师智美华旦他，

所有觉者之所在，

实为阿弥陀佛尊。

无垢上师把你佑，

实乃前世之造业，

哎嘛岂能如此愚，

我是你的皈依处，

辞别不到一年前，

化为神鸟赐你法，

莫非真的不认我。

实则我把你推荐，

上师智美华旦他，

未获菩提硕果前，

祈愿我等永不分。

蓝色仙姑道：

艾玛我乃你生母，

玛德玛哈娜尊者，

今日母子又相会，

难道不曾认识我？

念及相见母亲的喜悦和自己所遭受的痛苦，仙姑话音未落，青颈鸟便打断其话，边哭喊边拥抱着仙姑。仙姑道：

孩儿不要如此悲，

听我劝你几句话。

胜义诸法皆为空，

世事无常如梦幻，

为母岂能常存在，

所谓苦乐为何故，

喜怒毫无根据在，

心生虚幻当真切，

不如今日学正法。

听到仙姑的教诲，青颈鸟心中略感宽慰，于是道：

无双本尊法轮王，

无垢持者诸师徒，

身如梦幻喜剧者，

顶礼所化皈依处。

今我随喜难以言，

瞻仰至尊上师和，

巧遇恩典生母等，

神子导师所恩赐。

难除心中之执念，

苦乐如影终相随，

为母弃我孤一人，

早已归入法空中，

儿我鬼魔所陷害，

孤苦伶仃陷林中。

依仗三宝之慈悲，

今获如此难时日，

未获菩提妙果前，

诸位救主护佑我。

青颈鸟言毕，仙子和仙姑脸露微笑。上师智美华旦颇为欢喜，随即用获究竟解脱似的美妙音符说道：

三世如来二谛法，

顶礼殊胜诸僧伽，

格登邦你听我言，

三时我将明告你。

如下所说之教导，

心中切记族善子。

以前佛祖在世时，

生在高贵释迦族，

名为比丘达玛者，

初次求学声闻乘，

后来转学大乘法，

终究解脱播种子。

继而几番转世后，

投生东方之国度。

王子名为喜乐法，

自幼信奉佛妙法，

年过二十千户子，

冤家蓝嘎阿尼他，

生为婆罗门青年，

弃你大海而亡之。

随后你投南国君，

千户之子生北国，

南国之王兴兵患，

灭亡北方之国君，

因果报应如期至，
陪臣夺取你身体，
此为前世定数也。
过去为你授佛法，
神鸟杜鹃今神子，
诸佛慈悲所化身，
乃是比丘我心子，
住在布达拉山上，
名为罗格夏热者，
所有不净刹土和，
极乐净土之救主。
尊者每个汗毛孔，
居存无数如来者，
小小吹拂之力气，
利益众生无数次。
他的传记颇殊胜，
超乎诸佛之想象。
尤其离此东北方，
有个雪域之国度，
那是观音所化土。

无数垂怜和保佑，

我将来此予加持。

怙主过去所经历，

算来无数之劫前，

获得究竟之圆满。

如今十方之世界，

时而现身时降魔，

时而成佛时转法，

时而涅槃时重生，

时而国王时百姓，

具戒持法之身体，

修持圆满更频繁，

他的所化之奇妙，

难以言状口难开。

释迦牟尼法体前，

化为比丘叫纳哇，

遵守因果之业力，

不辞修其佛子行。

为人师表之导师，

佑你终获菩提果。

再次前往具乐界，
名为法王贡确帮，
教授众生因果业。
来到比丘我之处，
迎请度母至东方，
无数利乐赐众生，
尽情享受密乘乐，
你也生在南国里，
所化国王可相遇。
尊者不辞转世为，
治理雪域之国君，
不二法王松赞身，
极力弘扬因果法，
黑暗地域现佛光。
你也投胎为其臣，
名叫东赞极聪明，
东方之国娶度母，
两尊觉沃迎藏地。
过了五代国王后，
英明赤松德赞王，

为了弘法生藏地，

遥自天竺取佛经，

百家先哲迎雪域。

那时我也去此地，

藏地弘法超天竺，

贤智译者纷崛起。

你将化为诸佛子，

受戒王子木任者，

坚定威武所著称。

之后诸佛成就者，

时而真身时化身，

垂怜雪域疆土上。

浊世末法之藏地，

诞生居士旦巴者，

心性刚毅不辞勤，

慈悲为怀扬其名。

我也投生萨霍国，

王子之身坠空门，

千里迢迢赴藏地，

创立无垢之法脉，

妙法七含如意宝，
照亮雪域无人及，
不久我回乐刹土，
所化转世常惠此。
那时你投此化土，
名为西绕多吉尊，
密持瑜伽通三学，
我成阿哇斯格徒，
至尊阿哇斯格他，
前世发心和祈愿，
不弃藏地永护佑，
真身化体其降之。
你又几番投此地，
驰名菩提金刚和，
觉者金刚皆有意。
持密瑜伽之本尊，
有缘众徒授教诲，
密名称为舞自在，
再次转世其名为，
索南仁青曲华等，

藏地宏愿皆满足。

天竺也有诸转世，

杨布城里诞生为，

自在金刚利众生。

浊世末法之时代，

名为玛帝论今史，

此后达玛为胜者，

几番造化芸芸众。

再次转世数次后，

究竟圆满我预示，

祈福我等永不离。

青颈鸟闻后随喜，磕头顶礼后，有些悲伤地祈愿道："大宝上师，未来至尊师徒弘法时，我若有缘投生，那么我的母后、父王、爱臣、妃子色桑玛等是否亦有缘投生？我们可否相见？陪臣蓝嘎阿尼、千户严谢等转世至何处？请上师明示！"上师道：

有缘格登邦请听，

更多预言还需讲。

你的圣母大智者，

度母刹土为度人，

邬坚国土密遍智，

诸佛菩萨往东迎，

那时你在天竺西，

靠近罗刹之角落，

名为措炯之国君，

信奉圣母获加持。

未来北国之雪域，

我去降服鬼神时，

度母化身你生母，

名叫扎那空行主，

无垢成为我明妃。

你的父王持法者，

三次转世天界后，

投胎人间名拉囊，

成为诸佛之法臣。

陪臣蓝嘎阿尼他，

前世因缘生其子，

不料诛杀偶嚷薛，

夺取王位把你逐，

那时我开密法库，

为你加持保佑之，

不过有缘族善子，

不要悲伤要随喜。

严谢四投畜生后，

转世臣子名为鲁，

弘扬诸佛妙法时，

成为持邪阻拦者，

他的亲眷都生此。

你的贤臣益西增，

我和明妃保佑他，

曲龙贡布为其名，

今后生生世世都，

时而上师时而徒，

总是相遇志同者。

其余两个老臣子，

暂时投胎乐刹土，

不会转世为人身。

身边黄色仙子他，

实乃文殊之化身，

届时名为牟尼赞，

你兄成为吐蕃王，

效忠父王具智悲，

对我尊从如头冠，
之后威力之金刚，
刺杀魔王朗达玛。
未来居士曲培时，
至尊上师詹氏者，
心系佛法崇诸佛，
照明正法如灯塔，
堪比诸佛心花蕊。
善待流放诸三臣，
令母父王南国君，
届时投为你兄弟，
称其名为瑟纳勒，
对我信服不曾减。
世尊金刚手化身，
名为居士曲培时，
锲而不舍好勤勉，
扮为骄慢之上师，
实属诸佛之圣徒，
为了诸佛利众业，
他们二位相继来。

贤德妃子色桑玛，

成为瑜伽自在者，

此生不久与你逢，

获得神通归藏地，

或在天竺利众生。

如今归依你身边，

众鸟成为你徒众，

除此伴随你身边，

身为臣妃百姓等，

生世不断可相遇。

未来全部之预言，

不能一一呈表之，

少许预言记心间，

终获佛果我来佑。

上师用格律词句，授予少许预言，更有散体之教诲无数。不久，上师又道：“此生你殊胜密咒之缘浅显，故此为了来时好兆，让你见识坛城，然后化身为青颈鸟，到鸟类和飞禽中去讲经布道吧！”

上师身边那些肃穆文雅的持明菩提和众多比丘中有个比丘道：“菩萨化身请听我，未来师徒在雪域，初次举行弘法时，我为毗卢遮那者，大兴妙法七种时，名为次仲加瓦者，我们定会喜相逢。”

又一个比丘道：“未来诸佛和佛子，不辞艰难弘法时，吾叫空心之比丘，妙法七种兴旺时，尔为释迦旺秀者，届时我们将相见。”

又一个比丘道：“未来诸佛父与子，点燃佛法之灯时，我为布达加纳者，妙法七种兴起时，尔名宗智桑格者，届时我们可相会。”

又一个比丘道：“未来诸佛之师徒，佛法妙果成熟时，吾名至尊之妙音，妙法七种弘扬时，尔名仁青萨巴哇，届时我们可相见。”

十六比丘和五个身扮瑜伽者等共二十一个随从相继给他的未来转世加以了预示。换身为青颈鸟的王子祈愿道：

从今往后之生世，
至尊上师和圣徒，
为我指导大乘法，
片刻不离保佑我。
尤其未来之雪域，
至尊上师降临时，
有幸我成其主随，
宏图利众之功业。
匡定人生坦途中，
纵生歪曲和毁谤，

祈求师徒保佑后，

速获究竟菩提果。

青颈鸟言毕，顶礼膜拜师徒后，恋恋不舍地飞走。青颈鸟飞至大海彼岸的檀香山上，山上有个棕黑色皮肤、身饰骨珠的瑜伽师。瑜伽师道："美丽的青颈鸟，你飞往何处？"青颈鸟落到他的身旁，道：

一心修行为空门，

坐姿镇定瑜伽师，

问我卑微杜鹃身，

飞往何处赐怜悯。

我乃瓦拉纳西国，

王子名为格登邦，

恶友施法把我害，

换身如今之模样，

前往西方之坟墓，

名为拉勒利拉里，

有吾上师无垢者，

拜访师徒见坛城，

如今飞往东方林，

幽静之处会百鸟，

智慧方便之火苗，

焚烧无明怙主你，

名啥为何在此处？

瑜伽师道：

无障无碍杜鹃身，

你生瓦拉纳西后，

至今之事我皆知，

意欲考验才问你。

亲拜智美华旦尊，

实为你的造化好，

阿雅扎耿金刚持，

我亦上师之徒弟，

名为国君玛肖噶，

不过暂且无需说，

佛界之中吴玛西，

跟我无别永伴随，

你的贤臣益西增，

如今就在西方国。

瑜伽师对青颈鸟讲授佛法，妙语连珠。为众鸟讲法以及从上师智美华旦处获得殊胜妙法和预言部分——第五章终。

第六章

青颈鸟回到天竺东部，素日为林中的鸟类讲经布道。某日，鹦鹉对青颈鸟问道："如何悟空修无常？恩师请为我赐教。"

青颈鸟道："禽兽灭寂为性空，故此可见无常观。"

鹦鹉问："未能解脱我所执，修持无常有何用？"

青颈鸟道："此生幻念未了结，不能脱离尘世网。"

鹦鹉问："解除我执之命脉，究竟解脱为何难？"

青颈鸟道："难脱尘世如网络，不曾依靠其他法，光凭器具不能断，故为难降诸无垢，首推修念悲悯心。"

鹦鹉道："万物缘起为空性，空性没有构成因，从来无苦亦无阻，更无殊胜圣义谛！"

青颈鸟道：

未有我执无烦恼，

未有烦恼无恶业，

我执如同劲天敌，

善于巧取渐降服，

终究依仗二资粮。

今生来世之兴盛，

厌离成就断执念，

寂灭之行除损害，

平静之心归安详，

如同英雄破敌阵，

如此方能除我执。

若是师众未能助，

兵器无法消灭敌，

陷入执念之敌中，

豪言壮语趋形式，

无法左右利乐业，

轮回水车转不息。

故此不要陷幻想，

破除苦因修善根，

倘若凭空所有执，

自然而然能成就，

无法改变其真谛，

故此缘起通晓者，

学富五车为智者。

诸佛菩萨之所行，

虽然无法皆洞悉，

如同万物之自性，

堕罪逐渐可放弃。

深奥真理殊不知，

贵为佛法似瑰宝，

若能初学修无常，

可破此生享乐念。

不是资粮要谢绝，

上界也生诸痛苦，

若是知道此要害，

方能产生解脱心。

何为痛苦之原因，

探究方知为执念，

此敌跋扈难降服，

武装资粮之铠甲，

唯有智慧可除之。

故此鸟群虽遭难，

凭借无常和因果，

红尘幻言生悲伤，

涅槃静语心生乐，

逐渐洞察诸教诲，

此乃佛法之次第，

请你记住持佛者。

青颈鸟言毕，鹦鹉对众鸟转述道：

哎嘛听我众鸟类，

至尊上师青颈鸟，

勉励尔等要领悟，

所授教诲且细听，

尔等务必铭于心。

荒废此生足可惜，

修行佛法为妙途，

无二依止三宝尊，

功德无量持有者，

为其皈依无疑心，

自他利益皆成就。

难以解救苦海中，

只闻解脱两个字，

不辞幸运之眷顾，

念在心里常回味。

六道众生遇妙法，

难如白昼之繁星，

禽兽难上更加难，

我等前世造恶业，

转世投为畜生状，

然而播种微善因，

今世有幸闻三宝，

可以略微修妙法。

如今好生未能修，

往后只怕无机缘，

若非滔滔江水般，

持之以恒不松懈，

有为法则似涟漪，

享乐好似秋云摇，

肉身解体似水泡，

谁也无法改变之。

死神如同未见客，

不知今明何时来，

为此来世之功德，

此生修来较容易。

未能积攒善业因，

恶业之因使劲积，

因果报应从不误，

坠入地狱无选择。

难忍恐怖之煎熬，

无间受苦奈何堪，

轮番坠入心狱中，

万般惨状若计数，
多如大地之尘埃。
轮回没有始和终，
未能究竟为解脱，
更多痛苦遂恭候。
尘世痛苦虽无状，
如来教诲毫无假，
倘若为此不求真，
邪念仍然存心中，
只因无明为作祟。
依照所见之物性，
此生享受为利乐，
或者陷入大难者，
同样成为芸芸众，
有无区别需体察。
小因变成为大果，
故此不能轻视之，
初为无端造孽者，
如同四周罩黑暗，
此生所积众恶业，

溢满如同无边海，

所需善业趋微弱，

势必坠入地狱里。

如何从中把人救，

皈依佛法求三宝，

诸如各类之约束，

修行正果极其难，

故此祈祷诸世中，

获得暇满之人身。

上师鹦鹉给众鸟译介青颈鸟的教诲后，受益于诚心祈祷和前世福缘，众鸟领悟到其内涵，并且将其付诸于修行。

此时，青颈鸟给自己的金刚法友和飞禽心徒们讲道：

哎嘛法友桑杰增，

众鸟听我一会儿，

大乘佛法之甘露，

由我略表一二来。

此生无常如闪电，

死后迷入黑白业，

黑业带来无限苦，

尘世幻觉视为乐，

可悲身陷轮回中。

今坠痛苦深渊者，

身怀无数之生命，

未成生母之众生，

智慧双眼无处寻。

自从成为生母后，

吮吸奶水如海洋，

即使鸟类之体貌，

怀胎数月甘受苦，

不惧饥寒与交迫，

筑巢以身温暖你。

杀生不顾罪孽重，

百般寻觅之食物，

不甘充饥把你喂，

未长羽毛一块肉，

生恐遇难守护之。

形同自己大小前，

舍命保护不辞劳，

如此恩重受难者，

没有感恩利他心，

我等禽兽何处寻？

只怕火狱把人烧。

愚昧黑暗罩四方，

无明劲敌乱闯荡，

贪得无厌生苦者，

无漏利乐何须说。

世俗享乐虽稀贵，

岂能随便丢弃之，

理应为此予珍重，

然而我执如劲敌，

反倒自己被困住，

故而此敌之嚣张，

定当加以削弱之。

自己利乐奉送他，

他的痛苦自己担。

利乐皆为菩提果，

善根都为生母造，

生世利益为众生，

祈祷能如愿以偿。

不管何处守三门，

无论如何勤修行，

与人交往能屈尊，

此乃智者之所为。

佛法根本之所在，

只为扬善和弃恶，

洞悉基本真谛后，

选择取舍凭自己。

我且暂进深山中，

修行定离成就法，

我的挚友桑杰增，

照此引导众弟子。

青颈鸟讲完后，众鸟请求它暂时不要离开它们，如果不能留下，那它们可否随同往之。青颈鸟并没有许可，临走时只说生死无常，如果他日小命无恙，则定会回到此林中。言毕，啪啦一声，朝南飞走。

青颈鸟在兽坠山的脚下，整日修行定离成就法。某日，有个小鸟飞到它身旁，久久不愿离开，并且以谦卑的身段，表现出恭敬，青颈鸟看见后道：

无奈身陷轮回中，

受苦受难无边际，

小鸟你若求解脱，

皈依三宝方得救。

小鸟闻听青颈鸟的教言后，有所感悟，恭恭敬敬地围它转了三圈。从此青颈鸟为这个小鸟讲经，彼此成为金刚法友。正当它们共修佛法，享乐妙法甘露之时，出现了一个插曲。青颈鸟身为王子时有一个名叫雪尼顿觉的旧臣（某个属国的王子），他过去跟随王子热衷于善业。但自从假王子夺取青颈鸟的人身和地位后，假王子唆使手下的臣子雪尼顿觉等大肆杀生，猎杀无辜的野兽。此时旧臣雪尼顿觉一行正进入森林捕猎，贸然闯入了青颈鸟修行的兽坠山。雪尼顿觉看见青颈鸟后，立即摆出拉弓射箭的姿态。青颈鸟见状，不慌不忙地问道：

咕咕雪尼顿觉你，

不曾记得我是谁？

过去你是我玩伴，

你受恶人之挑唆，

如今变成这模样，

广受恩典之旧主，

难道一箭要射杀？

曲吉嘎瓦所教诲，

莫非全部忘记乎？

雪尼顿觉知道此鸟为王子曲吉嘎瓦后，在懊悔和悲喜交集之中昏厥过去了。等醒来后，频频磕头，道：

哎嘛我在做梦乎？

曲吉嘎瓦失踪后，

臣民坠落深渊中，
成为暴君之附庸，
岂料王子成鸟身，
相遇兽坠山脚下。
我等你的众臣民，
受于恶魔之胁迫，
落入无法解脱网，
无奈从事行恶业。
如今王子请出山，
夺取恶魔之性命，
回到瓦拉纳西城，
登上无上之王位。

青颈鸟回道：

雪尼顿觉请你听，
如今我身换为鸟，
只因前世之祈愿，
与你相见真神奇。
过去我等游林中，
我和蓝嘎阿尼他，
贪恋花草野果等，

双双换身杜鹃躯，
飞到大海之彼处，
我在迷恋美景时，
他的灵魂回滩上，
自躯弃海钻我身，
假扮王子回宫里。
而我悲痛万分时，
幸遇至尊之化身，
神鸟以及诸上师，
从此比邻众禽兽，
遁入空门修佛法。
雪尼顿觉再听我，
投胎人身并不易，
殊胜三宝更难闻，
纵获暇满之人身，
修佛路途极坎坷，
若交不善之恶友，
如同檀香遇到火，
资质再好烧成炭。
就算心底多善良，

长期相伴持恶者，
所有善业趋于空，
助长作孽无明者，
即使父母需远离。
圣明佛陀诚皈依，
无量功德奏国王，
不予采纳其善法，
违背扬善和弃恶，
洞悉因果之贤臣，
助纣为虐不由己，
坠入恶道如牢狱，
无数劫都难逃脱。
不如顶礼三宝尊，
修行二乘之佛法，
坚定不移跟圣尊，
叩拜诸佛和菩萨。
尘世痛苦常铭记，
昼夜不停皈依之，
隐瞒自己功德量，
不招嫉妒内心安。

不满缺陷揭自短，
和睦相处事如愿，
没有任何愧疚心，
魄力无穷成勇者。
要是自己持善法，
未寻所化自愿聚，
利益众生自然来，
故此心中无明敌，
贵在捉拿归案中。
未从尘世解脱前，
如同野兽关笼中，
没有利乐之机会，
切莫执念于虚幻，
不如出家修妙法。
即使未能把家出，
勉于十善逐俗执，
无常生死不曾念，
勤奋良驹易困乏，
未脱红尘之荒野，
盗贼狱司牵恶道。

因此不要把路迷，
虔诚修行妙佛法，
陷入轮回火狱中，
但却迷恋不知退，
智者格西虽相劝，
无动于衷行恶事，
如鹤得池不曾悔。
如此别说究竟果，
人间利乐尚无望，
故此勿恋俗执念，
无明劲敌关牢中，
为人慈悲予善心。
瓦拉纳西之王位，
吾虽今生无缘登，
莫要急切不久后，
假冒王子被人降！

雪尼顿觉一行再三劝请青颈鸟，让它回到瓦拉纳西，登上王位，却未遂愿。青颈鸟道："请你们对国王和百姓不要透露任何有关我的消息，尤其挚友雪尼顿觉，请你一定要让随从免开尊口。如今益西增等三贤臣都在南方的国主玛肖噶的王国里，吃斋念佛，过着利乐众生的生活，若愿意，你们可以前去那里，将遇到无比殊胜的智美华旦大师。”于是雪尼顿觉一行，受恩于其加持，茅塞顿开，都愿意前去。随后他们剃度出家，偷渡至南方国主玛肖噶的王国，纷纷皈依国王和益西增门下，接受妙法甘露，虔诚修行究竟成就法。假王子和雪尼顿觉的双亲都派人到处寻找其踪迹，但未曾找到。后从南方的商人口中探到，他们一行在南方国主玛肖噶的王国，于是假王子频发书信，敦促玛肖噶放人回国，但对方并没有允诺。

雪尼顿觉一行到王国后，不仅受到礼遇款待，而且很幸运地遇见喇嘛智美华旦，并在其足下接受深邃的佛法教义，得到无上的加持。青颈鸟在时空定思中，仿佛目睹了喇嘛智美华旦大师为雪尼顿觉一行传授妙法的殊胜场面。为此，非常挂念大师的尊容和无量福德。于是悲伤之余，唱道：

化为普通释迦僧，
实为阿弥陀佛尊，
西方刹土为所化，
赐予佛法之甘露。
受于尊者之垂怜，
然则生悔有垢身，
你的福德如矿湖，
心中把您彻挂念。
妙聚殊胜之法相，
如真浮现我心中，

讲解正法铿锵言，
仿佛回荡在耳旁。
众多门第簇拥你，
独我垂怜思感念。
供奉十方诸佛[1]者，
若能供奉如毫毛，
功德无量将获得，
无疑佛尊如是说。
供养殊胜之尊容，
虽无远近之分别，
我的肉眼所及处，
未能瞻仰心生悲。
天竺北方乌仗那，
群星捧月为圣尊，
可曾记得青颈鸟？
尤其至尊上师您，
芸芸众生唯一救，

1 十方诸佛："十方"，即十个方向。十方佛刹，即十方佛的国土，也即整个宇宙。东、西、南、北、东北、东南、西南、西北、上、下十方都各有佛刹，称十方佛刹。东方善德佛，南方栴檀德佛，西方无量明佛，北方相德佛，东南方无忧德佛，西南方宝施佛，西北方华德佛，东北方三乘行佛，上方广众德佛，下方明德佛等。——译者注

诸佛菩萨之领冠，

为我垂怜求保佑，

慈悲为怀圣尊母，

难道不救孩儿我？

青颈鸟言毕，一位白蓝仙姑左右相伴的白色仙子腾空驾云，出现在眼前。仙子手托下巴道：

我儿宝贝格登邦，

曲吉嘎瓦化身为，

青颈鸟者请听我。

中间白色仙子我，

众生怙主宝贝莲，

右边白色仙姑我，

阿雅布噶知热者，

左边蓝色仙姑我，

你的本尊阿雅达。

可曾知乎族善子，

阿米达巴布玛喜，

所有遍智为一体，

法界性智无间道，

不要任随悲鸣之，

你的救主处处在。

然而只要虔诚心，

挂念上师之福德，

供奉诸佛菩萨等，

所积资粮还要大。

诸佛菩萨妙聚像，

持久怀念在心中，

不如挂念根本师，

更具圆满和福德，

诸佛并非资粮寡，

相比上师多而已。

总之功德无法计，

虔诚根基不牢靠，

智慧树木遭冰霜，

加持甘露无法降，

上师诸佛本质同，

如此方能长功德。

佛子涅槃之所在，

心中宝贝如种子，

依仗信念之沃土，

结成如意硕果来。

破除执念之刀剑，

若是信力够锋芒，

为敌立刻消灭之。

悉数殊胜之七宝，

皆由信仰所受之，

诸如施舍等伟业，

根本所在乃信念，

你的上师无垢者，

本尊智美华旦他，

就在我的头冠上，

你想瞻望可显灵。

仙子言毕，一个下身披虎皮、手持法器、肤色绛红的本尊上师在他的头冠里显灵，且道：

哎嘛嚯！

法界智慧本无变，

有形持色圣者尊，

大乘密咒佛音起，

胜乐智明金刚持，

熟知瑜伽无分别，

以往所授诸教诲，
铭记心中勤修行。
且让兽禽之身躯，
教化林中众鸟类，
随后你将来我处，
正如以前所预示，
投胎南方之国家，
温顺聪慧笃三宝，
不久我们会雪域，
三相和合兴佛法。
不仅如此诸生世，
不会遗弃保佑你，
自我利益将成就。

本尊上师言毕，其身缩回仙子的头冠里。青颈鸟见状后，问道：

哎嘛我敬之救主，
诸佛融化为一体，
未获究竟佛果前，
师徒垂怜保佑我，
如今我为众鸟类，

授于妙法可洞悉，

不知究竟何所为，

得到如此因果业？

二位仙姑和仙子同时道：

请听青颈无垢者，

以往婆娑世界里，

盛行罪业之重地，

从今无数劫以后，

此洲南方色岭国，

国君噶雪智美者，

自有妃嫔二十五，

陆续生下十子嗣，

长子今日益西增，

二子就是欧旦者，

三子国王之公主，

四子蓝嘎阿尼者，

五子雪尼顿觉他，

六子洛智桑布者，

七子大臣龙布子，

八子上师鹦鹉它，

九子聂蓓朵噶者，

十子乃是我化身，

贤德王妃色桑玛，

成为国王之妃子，

重臣严谢大千户，

照样成为内臣子，

你所依止救难者，

化身菩萨颇为多，

王妃额来成你母，

众多子嗣最幼者，

终成色岭新国君，

百姓幸福获安乐，

然而四子妃嫔和，

严谢转世有隐情，

不仅殃及众奴婢，

噶雪国王命丧天，

只因都是前世业。

之后欲乐仙界里，

名为洛丹之仙子，

皈依菩提萨多尊，

所化白色莲花者，
对我供养并顶礼，
缘由前世之业力，
投为畜生天龙域。
乘着良好之机遇，
礼遇殊胜如来者，
对其供养致安宁。
受到如来之妙法，
转授其余众禽兽，
部分由往究竟道，
除此供奉诸如来，
所在世界获利乐，
请你记在心坎里。

众仙言毕，对其广撒妙法甘露，同时又道：“青颈鸟啊，如今瓦拉纳西王子的假扮者，如不将其逐出王国，法王拉囊多旦等瓦拉纳西的王臣百姓将受尽折磨。如此凶顽者，若不惩治，任由他作恶，别说图善业，还会为他人带来更多痛苦，同时也为自己带来无尽的业障。你凭着杜鹃的身躯，做自利利他之善业，然则你同挚友奥丹，当速速前往赞噶山下，于紫梗树林中，拜见仙姑格日格里，她虽装扮成女婆罗门，实为以化缘乞食度日的瑜伽行母众主，你们就说受到我的委托，欲学习换身法，此乃自在成就瑜伽者，获其加持，即可获得换身法术。”

右侧仙姑道：

请听神赐青颈鸟，
自在法界无量宫，
怒纹光芒照无穷，
所化身躯之本尊，
将要投胎泥婆罗，
变化本尊受助后，
你将请我去北方，
勤勉无双图善业。
请听青颈族善子，
西方我亦持瑜伽，
变化之身投彼处。
北方雪域千里外，
纵使诸法无实有，
无碍授予世俗谛，
雪域东方如雷鸣，
利乐成就观世音，
消灭众魔震四方。
神奇变化之仙子，

你的至尊上师他，

神通广大无人敌，

贵为诸佛之师尊，

谦虚佯装万众聚，

无明不在他心中，

却用无明喻众生。

精通知识如大海，

谦卑只装小溪般，

未获究竟佛果前，

师徒垂怜护持你，

我亦时刻佑助你！

言毕，左侧的仙姑又道：

哎嘛无障杜鹃身，

不曾舍弃保护神，

我乃你的生母也，

我们彼此不分离，

自始至终保佑你，

虽赴西方他日里，

观音菩萨之化身，

无双至尊请东方，

宏图利乐救众生，

你用智谋之手法，

我用变幻之良策，

北方大兴诸善业，

成为无双观世音，

所行功业之后盾。

之后无垢至尊者，

诸佛菩萨功业友，

智慧光芒消无明，

大密诸善法轮库，

大乐至尊胜乐者，

西方调服傲慢心。

北方频出我化身，

时刻利益芸芸众，

获得究竟佛果前，

我将一直保佑你。

至尊上师对青颈鸟教诲无数后，同随从一并回到了布达拉山。青颈鸟慈悲为怀，为众生修佛持斋时，从离此不远的地方传来一阵微弱的啼哭声。青颈鸟速速一探，发现是一个出家人被毒蛇紧紧缠住了。青颈鸟心生怜悯，遂静神凝思，祈祷诸神救助，突然一个面容恐怖的夜叉，手持长剑和藏青果，用长剑截断毒蛇，用藏青果涂抹伤口，伤口即刻痊愈，夜叉却不见踪影。但在出家人的眼里，却是杜鹃飞到自己身上，使毒蛇逃走，伤口自愈。青颈鸟问道："请问佛门僧伽，你何以在林中被毒蛇伤害？如今伤口痊愈否？何处来何处去？"

出家人回道："化身为杜鹃的神鸟，你乃是我的救命恩人，托你的福，毒伤已痊愈。我名为米奇，乃是天竺腹地那兰陀法场附近修行大乘妙法的比丘之随从，我跟随众比丘来到那兰陀林中，驻足观望林中风景时，不慎被毒蛇缠住了。"

出家人显然只是一个初学者，然而青颈鸟把头冠落到其足下，不失恭敬地说道：

咕咕佛门僧伽者，
你的戒律宝库中，
虔诚宝贝如山堆，
无二禅定如苍空，
无穷知识似雨下，
暇满人身如意宝，
为此敬礼把你拜，
我乃并非殊化身，
弱小禽兽杜鹃身，
只是前世积小善，
略懂取舍善恶法。

今日偶遇释迦僧，

此乃我的福气也，

毒蛇口中把你救，

不是我所能企及，

你所崇信之三宝，

把你保佑之恩果。

出家人听后，心生感动，连道谢意，随后离去。出家人一到法场便大肆宣扬说，瓦拉纳西林中有个诸佛化身的神鸟。于是班智达和众僧伽持沉香和杜若等名贵的香料，又持飞幡和乐器，推木车前往林中。青颈鸟见状后，点头敬礼，以合拢翅膀之势，叩拜众僧伽。众僧伽还礼膜拜，青颈鸟道：

普度众生佛弟子，

僧伽大众莲足下，

虔诚小鸟顶礼之，

福田主尊心虽宽，

屈身膜拜无明禽，

顿时资粮皆锐减，

切莫叩拜我求之。

青颈鸟的劝说，并没有阻止众僧伽的顶礼膜拜。有个年迈的班智达道：

佛祖林苑讲经时，

青颈鸟见状后，点头敬礼，以合拢翅膀之势，叩拜众僧伽。

各种禽兽喜闻之，

如今神鸟入空门，

我辈心中生敬仰。

众僧伽把青颈鸟迎请到木车里，头顶飞幡，弹奏乐器，点燃沉香和杜若，游行至圣地杰嚓，受到当地众僧伽和施主隆重而盛大的供养和膜拜。青颈鸟为他们讲经布道，信念愈加增强，与众班智达彼此吐露心得，共享妙法之甘露。青颈鸟夜宿一晚后，翌日为班智达和众僧伽讲道：

殊胜清净入空门，

利益众生为己任，

人神资粮根本者，

敬礼膜拜众僧伽。

心生无明青颈鸟，

要回幽静森林中，

今辞佛门众僧伽，

祈愿他日再相聚。

将来雪域乐土上，

我的上师和圣徒，

点燃佛法灯火时，

祈愿我们再相会。

无虚三宝之垂怜，

我的祈愿之妙效，

因缘果报有规律，

但愿祈福如心意。

青颈鸟言毕，未允众僧伽的挽留，只身展翅飞到林中的某个禽友之处，并道：

哎嘛好友听我言，

如今我俩飞北方，

北方林中我所化，

众鸟多至数不清，

请你胸怀虔诚心，

不断祈祷殊三宝，

若是落在我后面，

难逃可怕洪水中。

言毕，二者飞到北方的林中，众鸟得知后，前来迎接。上师鹦鹉桑杰增道：

指明坦途良师尊，

前赴乐土之益友，

无畏苦海救难者，

至尊救主去何方？

自他利乐获成就，

可曾辛劳得病患？

我等受你无间恩，

身心不曾受伤害，

心生无常念三宝，

如今颇获善成就。

青颈鸟随喜，一一回复。桑杰增所化的鸟类，已增加几倍，青颈鸟整日为它们讲解深奥妙法，众鸟无不获得殊胜加持。

过了一年后，观世音菩萨预言奥丹要当瓦拉纳西王子的时间到了。于是青颈鸟陪着奥丹，来到赞噶山下的檀香林中，但寻觅数日，不见观音菩萨所说的空行母。

不久，空中响起一阵急促的鼗鼓声，但不见任何踪影。于是它们二位祈愿三宝。突然云中出现一个乌黑的发辫里夹着各种花儿，身披白衬红裙，手持鼗鼓和具三尖[1]的瑜伽母。二者对其顶礼叩拜后，奥丹道："殊能化身瑜伽母，请你暂时听我说。圣尊观音预言说，让我来到你足下，修行换身诸法术，请你不嫌加持我。"

瑜伽母并没有立即言语，只是闭目观想了一会儿，之后脸露神秘的表情，抖动手中具三尖，发出"啪"的一声，顿时大地都颤抖了一下。然后又把具三尖放在奥丹的头上，发出"啪"的一声，奥丹的魂魄即刻出窍，就地死去。瑜伽母对青颈鸟道：

我乃天母华贵持，

邬金瑜伽行母尊，

1 具三尖：大自在天的异名，音译为摩醯首罗。据说他住在色界之顶，为三千大千世界之主，在三千界中得大自在，故有此称。——译者注

无垢上师之圣徒，

般若金刚持明和，

殊胜法印成就者。

为了满足你心愿，

今日在此把身现，

上师早已命我说，

赐予尔等换身术。

“啪”字首次发出时，

虚假王子之灵魂，

立刻投入至仙界。

“啪”字再次发出时，

奥丹灵魂投胎为，

瓦拉纳西国王身，

有害成就从善之，

此乃不二佛子功。

若是为害积累多，

权衡利弊取其轻，

如今虚假国王身，

你友奥丹取代之。

游今天竺诸圣地，

他日化身至藏地，
可曾知乎青颈鸟？

青颈鸟回道：

无垢至尊之师徒，
持明化身瑜伽者，
我皈依处天母尊，
顶礼我首如头冠。
圣尊观音所赐予，
预言今日得应验，
感慨万分拟夙愿，
如此垂怜之成就，
除了上师无人及。
上师恩惠心念切，
一声啪字为音符，
不劳自通换身术，
如此神奇之特功，
除了天母无人及，
天母威德心生敬。
未能获得佛果前，
永远不弃保佑我，

生在无漏法界中，

三宝随时垂怜我。

瑜伽母把𩏶鼓举在头顶，道：

空乐法界之妙音，

打破持念诸形象，

无穷似空本性中，

神奇法力无聚散。

瑜伽母言毕，钻入青颈鸟的头冠里，两者心性融为一体，在随喜和空乐中度过数日。

七天后，青颈鸟如梦初醒。瑜伽母从青颈鸟的心怀中钻出来，飞到空中，道：

请你竖耳听我说，

至此你可回林中，

虽然化为杜鹃身，

利益众生可成就，

即便身陷世俗谛，

神妙因果自不欺，

引导众鸟识缘起。

从今往后至来世，

雪山之境你亦行，

之后五代三世后，

依照上师之预言，

你将往生在藏地，

虽我肉身不投胎，

然而无漏之光身，

将会时刻保佑你。

北方边陲泥婆罗，

名为班禅加瓦尊，

或者夏日巴赞者，

外身异教声闻状，

内观瑜伽持明者，

生在藏东名扎杂，

成为无垢上师徒，

钻研三学修瑜伽。

又名布达巴赞者，

受于无垢上师恩，

沐浴妙法甘露中，

终生达观颇有意。

天竺南方班智达，

名为释迦图利众，

藏地名为莲花者，

受于无垢上师恩，
钻入深渊法门中，
芸芸众生造福德，
欧提耶奈修密宗，
至尊瑜伽装饰者，
金刚使者成就母，
修行断除诸义法。
之后又投香巴拉[1]，
名叫金刚持明者，
色岭国王噶雪和，
汉地也将投胎之，
诸如此类等地界，
无论真身和化身，
总是眷顾相遇你，
未获究竟解脱前，
永不分离保佑你。

瑜伽母言毕，便不见了。青颈鸟回到林中，与众鸟共享妙法而度日之时，由奥丹换身的瓦拉纳西王子带着众大臣和随从

1　香巴拉：藏语音译，又音译为“香格里拉”，意为“极乐园”，是佛教所说的神话世界，为时轮佛法的发源地。佛学界认为香巴拉是一个虚构的世外桃源，是藏传佛教徒向往追求的理想净土，即“极乐世界”“人间仙境”，也称“坛城”。——译者注

来到林中，假装在林中游览消遣几日，实则是在暗中寻找青颈鸟，某日王子一行撞见了上师鹦鹉桑杰增。

王子悄然离开众大臣和随从，跟随桑杰增来到青颈鸟面前，向其顶礼膜拜，彼此寒暄一阵之后，青颈鸟对王子道：

奥丹王子请听我，
今日相遇真神奇，
过去我为王子身，
你是飞禽之躯体，
如今我为杜鹃身，
而你成为王子身。
所谓轮回诸法则，
不过如此众善友，
请看这般荒唐样，
明知虚假无意义，
为此尚且存执念，
何等无知自明白。
然则法友奥丹你，
遵照观音所指示，
成为王子得王位，
摒弃执念为从善，
消除罪孽积福德，

禽兽躯壳孽障重，
难得人身相反之。
故此暇满人身为，
清净持戒之母体，
频获诸佛赞誉声，
致力此途为上师。
瓦拉纳西王国中，
兹有班禅宝贝持，
获得文殊善加持，
实为化身比丘尊，
师从学习真妙法。
西方卡其王国里，
我的贤臣益西增，
遁入佛门修善果，
无垢上师之化身，
请至瓦拉纳西国，
可以造福众生业。
另则我们众利乐，
依仗三个如意宝，
菩萨佛子之神像，

视如乐土之念想，
无数供品可供养，
然而虔诚无吝啬，
善念功德无法计，
好比一炷芝麻香，
点燃诸佛和菩萨，
功德若有其形状，
大千世界无法装。
贪图无益之钱财，
若能造福芸芸众，
只怕傻瓜乐呵笑，
指明无虚之妙法，
除了我佛尚有谁？
踏破铁鞋无觅处，
形同正法异端者，
视如毒品敬远之。
无论如何无常为，
哪怕刹间不可靠，
生存万物可以舍，
殊胜三宝不能弃。

凡事可以奏父王，

三世觉者提建议，

扰乱王法不可取，

最终取舍自己断。

正如细小之尘埃，

肉眼无法去识别，

没有具足智慧眼，

如何识别万物表。

若是心存疑难在，

不断求同可存异，

如母众生若造孽，

生在地狱无他法。

妙法目的为扬善，

世俗生活趋炎凉，

若是水火不相容，

多灾多难为百姓。

众多佛说之经典，

直接或者间接等，

深入其中求妙果，

开悟智慧递增之。

佛言典籍字句等，
孜孜不倦阅览之，
耐性求学钻研者，
无量福德难以尽。
圣尊僧伽持宝者，
救主教证两不误，
虔诚坠入佛门中，
四大轮中哪一环，
分外亲近要崇尚。
自己皈依僧伽等，
其足膜拜如头冠，
垫起礼让需合掌，
所有敬礼不能缺。
贵为国王和王子，
头顶王冠和项链，
华丽身段众装饰，
上师堪布和喇嘛，
僧伽面前不合适，
若是刻意而为者，
信念施舍持戒等，

损害善资恶相随。

远离父母众家眷，

此生坚定助信仰，

不辞积德为善业，

远在天际要相迎，

彼此喜结诸良缘。

无羁无耻醉酒中，

三门大象趋懒惰，

挥舞智慧铁鞭条，

赶其善业路途中。

不变自性为异端，

把持嘴巴收敛者，

都囊括在十善中，

不分俗家出家人，

此理王子需告之。

大小二乘之妙法，

殊胜佛祖所传授，

层层递进十善业，

无论暂时和究竟，

攀爬阁楼获成就。

你的所属众百姓，

依靠十善法处置，

不管相交何种人，

邪门旁道把人救，

励精图治江山时，

心系妙法不犯错。

自己所依三宝尊，

慈悲为怀不嫌弃，

所有信众时刻救，

不需勤勉如意宝，

此等依止永不弃。

瓦拉纳西子孙等，

你的王国众臣民，

视如父母款待之，

你的君命对他们，

如同利剑悬头上，

生死大权不由己，

温顺子民不宽厚，

王威失去道统也。

即使众多百姓中，

出现冒犯王法者，
如何惩处罪犯时，
善意掌握其分寸。
年迈父王法轮持，
顶礼敬仰如头冠，
所言任何之教诲，
字字句句莫怠慢。
列祖列宗所定之，
所有规矩和王法，
合理采用懂配置，
不管遇到大小事，
邀请内外众大臣，
贵在和睦共商议。
善变易惑反复者，
怎能当上一国君，
格外狡猾愚钝者，
不配当上法轮王。
爱幼尊老之贤德，
乃是高尚人所为，
不分高低都如此。

凡事经过需观察，

不能草率把事断，

没有充分之理由，

随波逐流不可取。

不管身居何位子，

敬重上等诸人物，

即使平起平坐者，

心怀情谊相处之，

卑者更需怜悯心。

总之江山和社稷，

你要慈爱求鸿途，

即使降服十恶敌，

慈爱善心为上策，

内外兵器不中者，

慈爱功力无人及。

归降别人为国民，

慈爱利乐为上策，

积德成就圆满者，

慈爱福德无人及。

不需在此频唠叨，

战胜恶魔如来佛，

各种经论如山堆，

教诲国王之门道，

智者你会自然明。

上师智美华旦尊，

曾经对我预言道，

观音化身之神鸟，

如今你的信徒中，

名叫奥丹本尊者，

未来成为佛子尊。

胜义空等无性中，

换身变为王子身，

造福百姓人人夸，

此生有缘见我等。

总之预言颇为多，

尽心利益众生业，

不要疲劳需奋发。

依照上师所预言，

祈愿方能此生中，

必然相遇无垢者，

智美华旦上师尊。

颂扬六字真言经，

可以显灵观世音，

不停诵念度母咒，

定能排除众业障。

奥丹王子回道：

三时诸佛之真身，

无垢上师传授者，

杜鹃之身青颈鸟，

此刻请你听我道。

受命成为王子后，

我别二位师徒和，

林中修行众鸟类，

只管瓦拉纳西去。

三毒持者假王子，

荒废列祖之礼乐，

故此回到森林中，

跟随桑杰增和你，

继续闭关修妙法，

时常心生大不安。

为此承诺未见效，
然而再次受委托，
频频劝解只好从。
跟你来到赞噶山，
拜见瑜伽行母尊，
啪字之声把我魂，
附在曲吉嘎瓦身，
替换肉身假王子，
如同神奇幻术般，
常人不解难以信。
如今你的诸教诲，
如雷贯耳记我心，
请回瓦拉纳西城，
贵在慰藉父王尊。

青颈鸟道：

咕咕请你听我说，
事事岂能如心意，
你的贤良之美德，
自然慰藉父王心，
为了不久将相会，

虔心祈愿自然灵，

纵使生生世世中，

善业祈愿不能断。

奥丹王子恋恋不舍地离开青颈鸟和众鸟类，同大臣和随从班师回宫。从此以后，奥丹王子崇尚佛法，执政有方，瓦拉纳西王国变得比过去更加繁荣昌盛。过上幸福安康生活的黎民百姓，都纷纷感叹说，如今王子回心转意，扬善弃恶，实乃明君。

此时，国王做了一场梦，梦中一个绿光闪闪的纯洁无瑕的松耳石佛塔，出现在王宫阁楼中王子寝宫的屋檐上，分别由七个人守护在旁。国王惊奇地问起缘由，第一人说不知，上面的人可知，随后第二人也如此说。国王逐步探问，第七个人撬开佛塔的塔顶，塔顶顿时出现了已故王后玛德玛哈娜，她对着国王道："陛下，你的大事已成，在极乐刹土，有一位与你的王子曲吉嘎瓦同一个法门的名为菩提心智玛美贝朵仙子，已使换身法，把严谢儿子的灵魂从王子体内逐出，如今他成为你的王子，陛下没有获得究竟佛果之前，我会时刻保佑你。"

王后玛德玛哈娜言毕，变成度母，钻入国王的心中。空中突然出现一轮圆月，照亮大地，不料一团黑色三角乌云，遮住了皎洁的圆月。过了一会儿，空中再次出现一轮月亮，大地恢复明亮的原貌。国王还梦见王宫顶上的宝幢焕然一新，于是国王消除了对王子身份的怀疑。他来到王子面前，说道：

王子请听父王道，

昨夜父王做了梦，

国王做了一场梦，梦中一个绿光闪闪的纯洁无瑕的松耳石佛塔，出现在王宫阁楼中王子寝宫的屋檐上，分别由七个人守护在旁。

虽然做梦如幻觉，
各种梦境不可信，
梦中似乎有暗示，
吉凶不定要明辨。
广阔东方天空中，
浮现一轮明月来，
照亮大地如白昼，
后出三角乌云状，
大地笼罩黑暗中，
又出一轮明月来，
恢复明亮之原貌，
寓意为何不可知，
王子你可知其乎？

王子道：

法轮持者我父王，
请你稍听格登邦，
父王你的梦中境，
不是幻觉非凶兆。
无垢空中佛子土，
无垢佛法之明月，

无垢大地照光明，

无垢师徒所赐恩，

无垢妙法随喜王，

无垢使者派上来，

无垢乾坤变模样，

此乃梦中众寓意，

父王可否明白乎？

国王大喜过望，道：

如同王后所预言，

妙法月亮罩乌云，

王子明月把身换，

被害游走荒野处，

所有恶果我来酿。

圣母明示当妇言，

严谢儿封王子臣，

无辜贤臣逐他乡，

故此种下因果业，

如今要改过自新，

永断诸障发善心。

父王我的虔诚和，

无虚三宝之真理，

大智圣母垂怜等，

天上出现无垢月，

我心如意获宁静。

国王对王子爱怜和敬重有加，彼此袒露心怀，将奥丹如自己亲生骨肉般相待。但仙子换身王子事，事关江山社稷，所以暂且对外秘而不宣。然而国王对额来王妃吐露了真言，额来王妃闻后自然欢喜，对王子倍加尊重，而瓦拉纳西王子的英明和美德也在不同的王国里广为传颂。

此时瑜伽母向曲旺姆在瓦德之地，着树叶遮身，为众人和非人宣讲妙法。她听闻此事后心想：难道瓦拉纳西王子用换身术回到王宫里了？于是闭目观想了一下，发现王子曲吉嘎瓦还在瓦拉纳西附近的林中，以杜鹃身为百鸟讲经。于是她使用幻术，瞬间来到瓦拉纳西附近的林中，且道：

变身王子菩提持，

罪孽蓝嘎阿尼他，

你的遗体已糟蹋，

如今瓦拉纳西城，

蓝嘎阿尼还在乎？

青颈鸟道：

无疑殊胜三个宝，

顶礼我的头顶上，

获得究竟解脱前，
罪孽杜鹃保佑我。
寻访究竟问者你，
似乎你我曾相识，
从何而来名叫啥？

瑜伽空行母道：

我的尊贵良师尊，
曲吉嘎瓦请听我，
难道不曾认识我？
我是你的爱妃也，
你用妙法教育我，
如同心仪之徒女。
当年瓦拉纳西城，
受到萨妃之挑唆，
不慎游览林苑时，
蓝嘎阿尼用幻术，
替你回到王宫里，
狡诈可恶之狐狸，
身披无价金皮毛，
行为不端之嘴脸，

立即识破惹人厌。

王子殿下如太阳，
落到西山无踪迹，
黑暗中的色桑玛，
迷失方向身憔悴，
昼夜不停思念你。

泪如涌泉不曾止，
难以忍受万分痛，
哪怕瞬间不愿待，
逃往西方寻访你，
孤苦游荡在林中。

不料恐惧似阴间，
饥寒交迫如恶鬼，
无明遮挡智慧眼，
未曾找到你化身，
痛苦昏厥一阵子，
成为无依无靠者，
殊胜三宝保佑我，
醒来遇到佛门僧。

顶礼比丘足莲下，

不弃请求保佑我，

出世无垢茅屋里，

有幸出家为僧尼，

为我教言菩提法，

每天修行度时日。

之后授我观世音，

殊胜坛城之加持，

修行念咒都教我，

足足二九十八月，

不停修持并颂扬，

圣尊保佑获成就。

从此林中为所化，

普降妙法之甘露，

谁知今日在此处，

有幸与你再相逢。

青颈鸟心中大悦，道：

无二救主殊三宝，

所受恩赐无限广，

有幸今日再相逢。

妙哉瑜伽行母你，

乘坐暇满人身舟，

苦海获取宝贝法，

随喜祝福我来道。

我和蓝嘎阿尼等，

众多伙伴出宫后，

瓦拉纳西之北方，

广袤林苑去游玩。

蓝嘎阿尼对我说，

河流对岸有果树，

你我换身为杜鹃，

立刻飞走去分享，

我即应允换鸟身。

不慎迷恋花草等，

正在享用水果时，

蓝嘎阿尼施了法，

其魂钻入我身躯，

自己身体弃海后，

回到瓦拉纳西去，

众多伙伴跟他走。

可怜我在四处寻，

哪怕踪影不曾见，
悲伤之余祈三宝，
白色仙子浮云端，
一切真相告诉我。
林中闭关修佛时，
诸佛菩萨成一体，
佛子自在行者他，
化为神鸟和我遇，
授予妙法诸言教，
依照神鸟之预言，
行葬坟地之刹土，
得遇智美华旦师，
为我授法并加持。
从此回到森林中，
不断游学修佛法，
众鸟为首所化者，
指点三宝菩提道，
如今瓦拉纳西国，
国王乃是慈悲王，
观音菩萨化真身，

我的金刚之法友，

名叫奥丹尊者他。

当初化为禽兽身，

深入赞噶山脚下，

师从瑜伽行母尊，

瞬间得到加持后，

灵魂转投王子身，

成为瓦拉纳西王。

你获瑜伽诸成就，

保佑我等众鸟类，

授予深奥之妙法。

青颈鸟和瑜伽空行母向曲桑姆相遇后，彼此交流心得，同时，瑜伽空行母亦对青颈鸟和鹦鹉桑杰增为首的鸟类讲经布道，一同度过十三日。

之后，瑜伽空行母向曲桑姆知道南方有利众的因缘，于是说道：

化为菩提心持者，

勤奋好学如圆月，

我获菩提之救主，

顶礼膜拜青颈鸟，

你和众鸟请听我，

我要赴南方静地，

闭关修行一时段，

希望你们谅解我，

未获究竟佛果前，

祈愿我们永不离。

青颈鸟道：

洁白无瑕存善心，

获得无垢色桑玛，

如今成就瑜伽法，

顶礼瑜伽行母尊。

前世修来之造业，

瓦拉纳西结为亲，

轮回定数无法抗，

我成林中杜鹃身，

而你孤苦游荒地，

如今我们再相逢，

哎嘛想来真神奇。

瑜伽行母请听之，

喇嘛智美华旦尊，

曾经对我预言道，

你的王妃色桑玛，
实为瑜伽空行母，
游览布达拉山等，
众多古刹和圣地，
各种化身不断来，
密严刹土获觉悟，
尤其东方汉地里，
成为你的利众友，
西方邬金和藏地，
跟你相伴度众生，
南方瓦德频繁生，
利乐众生传佛法，
投胎至赞来达热。
未来浊世时间里，
北方藏地门巴域，
你的化身助我等，
智美华旦师徒尊，
对你如此预言过。
利众事业今南方，
速速赶赴我祈愿，

不久我等再相会。

随后瑜伽空行母向曲桑姆同鹦鹉桑杰增等众鸟类，深入交流心得后，用幻术前往南方。圣母师徒作预言、众僧伽用木车游行、降服假王子、与色桑玛重逢等零散内容——第六章终。

第七章

青颈鸟栖息林中时，从四面八方集结过来的禽类上百，不同鸟类也有五千种。青颈鸟不辞辛劳，耐心地为它们讲经布道。尤其是一只狮子受到青颈鸟的教化后，变得善良而温顺。更有一头菩提萨埵化身的大象，作为青颈鸟的所化众生，暗中助其教化其他信众。突然有一天，一个猎人到此处狩猎，猎捕了不少野兽，众鸟受惊，四散逃离，一时难以团圆。

许久后，众鸟方回聚林中，青颈鸟对此颇有感慨地说道：

无价至尊佛三宝，
降在小鸟之头冠，
猎人虽获暇满身，
俊杰斥责之所在，
多少恶业渐积累，
为何心中不生悲？
恐怖黑脸皱眉头，
拉弓射箭不迟疑，
所做恶业如山堆，
为何心中不生悲？
轮回受其恩惠之，
为母野兽命被夺，
不惧罪孽无知足，
为充饥肠获皮肉，

怎能殃及无辜者？
自己连个挨刺头，
分秒亦不堪忍受，
宰杀他者无眨眼，
愚者胆大更妄为。
仅凭一时之饥饿，
万恶兽念纵横生，
所行罪孽如此重，
只凭冬季之骄阳，
岂知火山之炙热？
前世修行造善业，
今生投胎为人身，
自私自利无怜悯，
此等恶人投何方，
无间火狱怎么逃？
虽有智慧属恶业，
所具威武趋造孽，
获得如此之人身，
不如我等兽和禽，
虽食野果饮甘泉，

没有积蓄无害心，

活得坦然具福德。

未得究竟佛果前，

无论转世至何处，

但愿勿投猎人身，

为此我将祈愿之。

言毕，青颈鸟为那些惨遭不幸的野兽和在世的飞禽祈祷。生死无常，如影随形。此时，林中有一只跟青颈鸟颇有交情的名叫顿塔的孔雀，突然头冠顶礼在青颈鸟的足下，然后如同来去自由的空气一样归天。临终时，它对青颈鸟说道：

殊胜上师三宝尊，

分秒不弃亦不离，

永远附在心田里，

恐惧深渊把人救。

呜呼人间之万物，

瞬息无常如雷电，

需请达瓦你深思，

如今瞧我遭遇状，

似乎只在寓言里，

他日你也难幸免。

张开双目如瞎子，

竖耳聆听似聋子，

神智不清如死尸，

死神不知何时来，

难道不曾预感到？

有漏之身走灭寂，

本是为人之常情，

死亡分秒不等闲，

如同激流和洪水，

岂能转头重回来？

不管心有何苦闷，

死神就在眼前时，

只怪虚度好年华。

青颈鸟等众师徒，

我身可以探究竟，

生死疲劳无尽头，

切莫懒惰修妙法。

不图奋进拖延者，

悟心定是被蛊惑，

软弱之躯如水泡，

随时可能趋破灭。

要是生死有把握，

兴许不会遭大难，

然则明明无把握，

得过且过无恐惧，

你心金刚奈何用，

刹那活着刹那死，

孰能更改其定数？

青颈鸟者可曾闻，

如今身处无人林，

不二定心求佛法，

勤勉自他利乐业。

孔雀的临终遗言，如同一块飞石，在众鸟类的心中激起千层浪，大家无不对死亡感到恐惧，对无疑的三宝和赐予妙法的上师更加虔诚了。正当众鸟类接受青颈鸟如黄金一样珍贵的教诲时，一只名叫霍哇的恐怖之鸟，常常盘旋在它们头上，捣鬼使坏，但潜移默化中，它早已受到妙法的加持。

霍哇从青颈鸟的众信徒中叼走一只小鸟，回到自己的巢穴，正准备用尖锐的喙啄杀它时，惊恐万分的小鸟祈祷三宝，获得灵验。霍哇的嘴爪变小、变软，万分痛苦，此时霍哇突然记起前世。它对小鸟道："我是夜叉铁嘴之转世，过去不管遇到谁，我都可以轻而易举地夺其小命，包括老鹰和毒蛇，而你这般弱小无力，何以使我的金刚嘴爪变得如此无力？”

小鸟回复道：“我的上师青颈鸟和桑杰增，它们双双拥有无穷的法术，故如此也！”

霍哇问：“如今它们二位在何处？我也想去拜访。”

随后小鸟领着霍哇朝林中众鸟的方向走去。临到时，霍哇怕遭到众鸟的打击报复，先派小鸟前去禀报，得到青颈鸟的允诺后，才来到众鸟中。青颈鸟对此道：

请你听我霍名者，
今日为何来此处？
恶迹斑斑之模样，
让人产生恐惧心。
所谓种瓜可得瓜，
种豆得豆之道理，
因果自然有报应，
你遭前世之报应。
前世你生北方国，
非人域中之夜叉，
名叫铁嘴中三毒，
无恶不作把人害。
而我生在热其亚，
成为一个孩童身，

父母年迈遭饥荒，
我在都市边缘上，
捡拾剩餐养双亲。
大千世界你乱游，
加害众生乐不疲，
岂料我和父母亲，
被你捉去充饥肠。
临终我诚祈愿道，
愤懑夜叉虽可怕，
来世我来喻佛经，
降服夜叉修妙法。
故此祈祷得如愿，
汝乃恶业之种子，
结果转世为兽禽，
无法控制贪嗔痴，
铁嘴锋爪无人比，
饮食血肉害无辜，
祈愿之果遂遇我，
今日你捉之小鸟，
上世曾是我家母，

如今不止诸恶业，

来世定堕无间狱，

所说尚能忆起否？

霍哇闻后，如同严密关闭的铁房突然裂开缝隙，上世的记忆从模糊逐渐变得清晰起来，于是深感懊悔，发誓从今绝不伤害亲如生母的众生。青颈鸟为它加持并授予各种妙法，道：

请听生畏空中霸，

往世你生尸林中，

变为恐怖夜叉时，

比丘德乾那布处，

获得一时之佛缘，

祈愿成为护法者，

此愿不久将实现，

请你时刻要祈祷。

来世投生雪域中，

为父地神母水龙，

神通变化难降服，

来世无垢上师尊，

传授灌顶并加持，

终成威武护法神。

青颈鸟对霍哇细心授记后，频频祈祷，让其成为众鸟的护法者。

之后，由于青颈鸟的美名远扬，前来听经的鸟类越来越多。有些鸟类忙于闭关，有些鸟类勤于闻思，众鸟沐浴在无上佛光之中。此时，达热国君有个名叫胡鲁噶的大臣，他笃信佛法，为人厚重友善，却遭小人暗算，受到国王惩处，流落到附近林中，巧遇青颈鸟师徒。他看到青颈鸟为众鸟讲经布道，非常惊讶，并受感动，欲靠近青颈鸟求法，然而众鸟并没有见过人的模样，颇感生疏，受惊后四处飞散，唯独青颈鸟和鹦鹉桑杰增岿然不动。

鹦鹉桑杰增见状后，不慌不忙地问道："游荡林中的勇者，你何故莅临此处？皈依为何者？不会加害于我们吧？你孤身一人，难道不怕被野兽充饥？"

大臣胡鲁噶闻后，甚感惊叹，暗想此乃定是某个菩萨的转世，于是回道：

不虚依止三宝贝，
为我垂怜求保佑，
蓝绿宝石似点染，
美艳颈中透三色，
悠扬妙音富哲理，
安好杜鹃听我说。
我乃法王达热君，
亲如子嗣之重臣，

虽然只身览此地，

我有皈依殊三宝，

不惧野兽之威胁。

桑杰增道：

虔诚皈依为三宝，

颇为幸运祝贺你，

我也信奉佛法僧，

只是身为兽禽身，

你获暇满之人身，

乘机修行其妙法，

该求究竟之佛果。

为臣者胡鲁噶闻后，心生感念，顶礼后又道：

哎嘛今日好时光，

美丽幽静之林中，

巧遇化身之飞禽，

你乃本尊如我师，

只是装扮杜鹃身。

我乃大臣胡鲁噶，

金银财宝存库中，

牛马成群有沃田，

由于青颈鸟的美名远扬，前来听经的鸟类越来越多。有些鸟类忙于闭关，有些鸟类勤于闻思，众鸟沐浴在无上佛光中。

妻妾子嗣家属多，

显赫宅第可敌国，

不料王法难以容，

孤身沦落至此地，

如今法财皆已空，

赐我言简意赅法，

究竟妙果之真谛。

青颈鸟和他前世有因缘业，此时到了该降服他的时候，于是用精准而深刻的道理讲道：

无量光佛无垢尊，

师徒顶礼受你恩，

我把心中所领悟，

一一明示有缘者！

正如玻璃斜顶上，

颗粒豌豆无法聚，

六道无数众生中，

难以获得人之身，

仅凭皈依之所在，

可修佛果本无价。

横渡大海之彼岸，

世俗之身不可贵，
逃离痛苦之沧海，
人身之舟乃至尊。
非常珍惜之瑰宝，
视为垃圾扫出门，
如同徒手抓沙漏，
难获暇满之人身，
借此不谋究竟果，
虚度年华当愚钝。
以往不同余劫里，
如数累计之资粮，
若是未能善利用，
除此尚有何遗憾？
此生没有行善业，
日后不再有机缘，
自我资粮趋浅微，
不善之举势愈猛，
为何如此因无明，
常使自我被奴役。
永远不从诸善业，

恶念之举无断续，

纵使善资不牢靠，

他日循环于恶道。

若是没有善趣在，

暇满人身有何用？

究竟孰能至此道，

毫无条件爱众生，

只为利他存善心，

清净涅槃成就者，

唯有祖师如来佛。

因其妙法精髓和，

一般内容有区别，

精髓自然为佛祖，

他者怎能可比拟？

你说任何之言论，

终归智慧海洋中，

为了满足芸芸众，

如同慈母对儿般，

善于调理所化众。

钦点殊胜三乘法，

究竟之业未获得，

如母众生为长久，

勤勉修持为佛果，

富有慧根诸智者，

不苟声闻与小乘，

可以宏图大乘法。

非同寻常之觉念，

奉献利他诸伟业，

行如菩提之善心，

何时寻汝刹那间，

即变孩童为佛子，

如山烦恼之业障，

轻而易举可制服。

笼罩恶业之黑暗，

你的光芒似太阳，

但凡与你相遇者，

善逝诸佛把你赞，

不分人神更如此，

不诚离你众功德，

虽具不是大乘法。

只要持法你同在，

即使他者不企及，

称为菩提萨埵者，

芸芸众生无法数，

为了究竟之利乐，

三时诸佛和菩萨，

如同种子把你播。

若是没有你加持，

善积功德无数劫，

难获无上菩提果。

和你相遇之禽兽，

一口所攒功德量，

无疑正如佛子行，

资粮所增可填空。

若是没有此心树，

所行伟业枝叶疏，

故此诸位明智者，

昼夜修持此妙法，

为此时刻要祈愿，

无量功德他日来，

如此感念生我心，
迫不及待为你等。
身口心等三所依，
任凭贵重所供养，
富人自愿尚可许，
没有物件来供养，
善念可以供养之。
面对佛法僧伽尊，
小如芝麻之供品，
不拘形式和繁重，
三门虔诚顶礼之。
花草都为其供养，
嘴里虽然不能道，
心念供品用具和，
洲岛均可奉献之。
三毒[1]产生之祸根，
无量异熟因之罪，
痛定思改呈现为，
诸佛菩萨求救赎。

1 三毒：即贪欲、憎恨、愚痴。——译者注

十方所有世界里，
涅槃诸佛和菩萨，
众生俗业无断前，
勤勉继续转法轮。
我所积攒诸资粮，
发愿转变为佛果，
诸佛面前莫疑惑，
坚定修持菩提心。
如何修持菩提心，
究竟依靠慈悲心，
没有关爱慈悲因，
无法心生菩提心。
若念修持菩提心，
切莫远离悲悯心，
迫切欲离诸痛苦，
闻见痛苦所使然。
当初不惧诸痛苦，
心生断念要经历，
随后众生亦如此，
悉数烦恼所致恶。

六道轮回所构成，

逐渐趋于多样化，

故而为此所积攒，

有其不同三种业，

不停轮回三界中。

随后有其七种业，

三种意念非资粮，

放弃上述诸业者，

称为资粮之善业。

杀生所造诸恶业，

其果必生三恶道[1]，

落入地狱之经历，

所有痛苦别说见，

只是略有耳闻者，

恐惧之心如刀割。

等活众合和号叫，

黑绳极热无间等，

八大热地狱之中，

巨大铁山如机器，

1　三恶道：即地狱道、饿鬼道、畜生道。——译者注

压榨罪者如芝麻。
铁制斧子和锯子，
锋刀彼此频乱砍，
或者狱司亲手剁，
细细肢解其身体，
有些罪者不堪为，
落入滚烫铁水中，
全身烧焦化碎片。
有些如针铁棒槌，
从脚穿到其头顶，
锁在无门铁屋里，
受尽苦难胡乱叫，
火烧铁锅把肉身，
烧成一把白骨头。
有些裸身乱跑时，
十方火苗扑上来，
全身化成一团火，
火势环环为相生，
不堪目睹其惨状。
周边不净垢泥中，

爬满恶虫嘴锋利，
业生刀剑出寒光，
砍断四肢如落叶。
铁齿铜牙露出来，
狰狞禽狗胡乱叼，
铁树长满铁荆棘，
业生攀爬自然落。
游在宽广河流中，
深感炙热如烹饪。
无敌可怕心狱中，
流动血泊如大河，
全身浸在血海中。
炎热火烧地狱里，
熏焦之烟如云雾，
其中传来嗤嗤声。
煎熬烹饪地狱里，
蒸汽弥漫天空中，
其中喊打喊杀和，
呜咽哭喊之声响，
如雷贯耳难形容。

生在可怕恶鬼道，
远离食物和水源，
非常饥渴受磨难。
且说寒冷之地狱，
如同雪山围绕中，
陷入冰雪之极地，
阵阵寒风入骨髓，
虽喊啊曲啊呀声，
张嘴不能呼出声，
牙关紧闭直打颤，
全身裂开若干口，
口也裂成无数块。
穿过全身之缝隙，
疾风吹到心脏上，
全身寒毛竖起来，
从中血脓往外淌。
极冷极热之地狱，
没有日月陷黑暗，
如此难堪诸痛苦，
哎嘛我能忍受乎？

无论遭受多少苦，
未能终结业力前，
无数生世轮回中，
所有苦难受不尽。
为人苦难集中者，
实则地狱苦难也。
终究饱尝不愿死，
为此孤魂游阴间，
远离饮食遭饥渴，
全身黝黑乱发蓬，
脖颈细巧如针眼，
空空肚皮鼓如山，
细如茅草之两腿，
难撑全身跌又起。
食物入嘴似火烧，
喉咙肚皮烧成炭，
瞧见水流靠近时，
变成脓血无法饮。
又遇恐怖脸面者，
手持兵器把你逮，

无奈全身剁碎骨。

有人聚拢在一起，

彼此饮用其脓血，

抑或食其自身肉。

有些受业所使然，

口痰粪便尿液等，

不净之物难以寻，

即使从中获少许，

众人簇拥哄抢后，

不见落到己嘴里。

过于寒冷太阳光，

如同风雨极其冷，

过于炎热月亮下，

如同野火分外烫。

树木幼苗森林等，

风和日丽之天气，

变成枯树和荆棘，

泥土瓦砖岩谷等，

风雨交加之模样，

未能穷尽恶业前，

此等受罪终不断。

畜生所在无定数，

苦乐虽无何异同，

基本都在存地下，

不见日月之光辉，

窄小黑暗洞穴中。

罪者畜生其身体，

嘴唇锋利昆虫等，

无数小虫食其肉。

绝大部分畜生为，

彼此饮食血和肉，

厮杀斗殴不曾止。

图谋不轨心存恶，

没有智慧之法眼，

嗜杀亲生父和母，

恩者视为仇人般，

仇人权当有恩者。

落为人神奴仆者，

更是受虐无自由，

频频抽打赶上路，

公的犁地母挤奶，
为了肉皮及身毛，
残忍夺取其生命。
栖身水中诸动物，
随遇而居无定数，
投身河川石滩处，
不停投胎趋繁衍，
尤其沙漠受尽苦。
野生动物被猎人，
残酷追捕无法逃，
心无宁静之时日，
冷热痛苦自然生。
比如我等众鸟类，
也有非同苦难在，
所谓享受无积攒，
所需饮食不确定，
饥渴之时去寻觅。
花草野果和树木，
换季到来趋凋谢，
如同国库遭劫难，

灰鹫格布野猫等，
毒害敌人颇为多，
自身不由己做主，
成为他者口中食。
就算苟活一条命，
心中疑虑无比多，
惊慌恐惧心难定。
有情有忠诸眷顾，
突遭袭击分散时，
很长时间难聚拢，
思念心切生痛苦，
口中乱叫处处寻。
无明本性露无遗，
缺少取舍之眼睛，
从事恶业弃善业，
不曾闻见诸妙法，
略懂字句不懂意，
没有刹那喜乐在。
生在仙界之欲天，
欲望执念如火势，

不由吞噬自己身。

贪图享乐无节制，

无暇顾及殊胜法，

力大富贵美艳者，

打击贫弱丑陋者，

不停慑服赶他处，

心生嫉妒难以却。

彼此展开战斗时，

砍断头颅和四肢，

受尽苦难无法言。

长久享受烦恼乐，

生命尽头谢世时，

尚在孩童之众人，

心中笼罩黑暗来，

产生难忍无限苦。

身穿破旧性温和，

不贪享乐之故人，

敬其人而勿近之。

仙界琼楼园林中，

信步俊朗仙子和，

诸多美丽仙女中，
孤身一人行走时，
似乎被人所疏远，
心生难忍孤独感。
未来投胎至何处，
清晰可见若落入，
无间地狱其观望，
趴在地上频挣扎，
悲鸣叫唤亲眷名，
萎靡不振无食欲，
纵使成为其友者，
将坠黑渊奈如何？
如此罪者纵投胎，
如弓射箭下地狱。
上生寂静定思中，
充分享受诸喜乐，
虽然没有痛苦生，
宛如空中众鸟类，
无论展翅飞多高，
终究落在地面上。

困在我执铁链中，

诸行无常生苦者，

终究耗尽善业力，

摇摇欲坠落下来。

再次受尽诸困难，

常年习惯有漏乐，

经历恶道磨难时，

追思过去诸享乐，

如同国君法轮持，

突然落为百姓身，

倍感痛苦生悔恨。

尤其获得人身者，

生死斗争和愚昧，

饥渴冷热不同种，

所经痛苦略有存，

心生恶念使坏招。

尊者惧怕变为卑，

穷人惧怕无食物，

美人惧怕丧青春，

王者惧怕百姓反，

百姓成为国王奴，
身不由己惧王法。
普通男女百姓等，
经商耕地和行窃，
生命换来其享乐，
虽然获得烦恼乐，
没有节制求困难。
部分卑微夫妻俩，
彼此心怀不满意，
大动干戈不曾停，
前世业力如网络，
不由自主困其中。
富贵钱财知识等，
略高自己生嫉妒，
心中痛苦难以忍，
素日盼望为齐身。
若有保持等同者，
生怕他会高于己，
使出手段致破坏，
稍微劣于自己者，

心中不满挂脸上。

前世没有善积德，

所执所念无处寻，

即使穷尽诸谋略，

纯属自欺欺人也。

业力无所不能为，

前世恶业获恶果，

所生痛苦如影子，

紧随其后逃不掉。

自己荣华富贵时，

谁都把你尊头顶，

业力使然落难时，

亲生孩儿嫌你烦。

人和非人及魔鬼，

最终夺取其生命，

水火强盗国王等，

诸多威胁之载体，

常使心慌不安宁。

痛苦深渊无边际，

为人所生诸痛苦，

真如智者你慧眼，
所见不曾一点假。
另外陷在轮回中，
所经生老和病死，
无间痛苦在循环，
胎生以及蛋生等，
生育之苦都如此。
所谓胎生持灵者，
不净胎腔如泥沼。
怀孕父母精血中，
产生知觉魂魄后，
逐渐胚胎形成至，
挤出盆腔出生前，
如同紧窄瓶颈里，
盛满不净无垢等。
阵阵痛感异常在，
晦气浊气环环生，
仿佛知觉已失去，
为母痛苦难忍受。
婴儿呱呱坠地时，

温暖绸缎如针刺，

浑身痛苦不自在，

哭哭啼啼响彻屋。

经历生的痛苦后，

从此孩童渐长大，

青年壮年等时光，

如同白驹过隙般，

快如梦幻雷电和，

逝者如斯为秋云。

之后步入年迈行，

接踵而至诸痛苦。

青春美丽颜如玉，

威猛不减身硕壮，

如同遭遇冰霜后，

花草树木皆为枯，

身衰体弱行动迟，

白脸牙齿都变为，

丑陋不堪难入目，

黑发变白指甲脱，

神志不清晃脑袋，

站立不定频起伏。

人间美食和佳肴，

难以享受反饥渴，

俊颜气色如灰土，

直立身材如弯月，

能言嘴巴似破鼓，

清楚心智如迷雾。

青年欺凌又嗤笑，

似从人群中逐出，

如此临近黄昏者，

老年痛苦道不尽。

不管老人年轻者，

死神不期而遇时，

病患横空出世来，

气症胆病涎液等。

四百四十四种病，

五行相克病相生，

心神不宁诸痛苦，

无间遭遇不断生。

身体衰败无容光，

岂知妖魔和鬼怪，
青睐患病老者身。
人间繁华不能享，
不由自己使性子，
如此弱不禁风者，
突生意外或病故，
方才自己和亲眷，
颇为感叹似惋惜，
悲痛难忍落眼泪。
可怜罪者到临终，
坠入懊悔深渊中，
心涌恐惧画面时，
眨眼乱动手和脚，
不停哀嚎声凄凄。
可怜无救无主者，
不管财富多和寡，
家眷多少均遗弃，
孑然一身离尘世。
诸如此类人间苦，
只是冰山一角也。

前世业力无法敌，
水火深渊等灾难，
兵器斩杀及鬼怪，
所食死亡之痛苦。
真如智者你所知，
难以言尽数不清。
总之三种痛苦因，
把持三界众生相。
未尽前世业力和，
无明毒害消除前，
岂料三界之轮回，
如同水转车轮般，
永生痛苦其名状，
常常眷顾我心中。
故此六道诸痛苦，
略微详实道出来，
意义非凡你自知，
若不畏惧其痛苦，
我执焉能出离心？
我执彻底未除前，

心生出离难成就。

下等有情众生者，

早日远离诸恶道，

渴望获得上乘果，

只因恶道生痛苦。

中等有情众生者，

厌恶尘世诸烦恼，

进入究竟解脱道。

上等有情众生者，

自他利乐为一体，

怜悯心求获佛果。

为其洞察道苦谛，

此状频频心生悲，

正如大臣所惧怕，

众生识其为父母。

留恋俗事芸芸众，

苦海无边轮回中，

如何普度担当者，

除了诸事获圆满，

妙圣等觉无他求。

故此为了获佛位，

坚定发其菩提心，

蒸蒸日上诸善业。

行将菩提尊者后，

伟大佛子诸行为，

毫无颓败如实持。

无吝彻底失望后，

妙法财务生命等，

利益众生之心愿，

自他事业获成就，

故此勇士[1]勤施舍。

妙汇根本为持戒，

不生恶道获利乐，

一切欲脱唯证教，

故此勇士守持戒。

已获善业图为固，

消除无明获随喜，

忍心铠甲佛子穿，

故此勇士需忍耐。

---

1 勇士：藏传佛教密乘所说持明男女中的男方，女方为空行母。——译者注

摒弃恶习从功业，

寻找妙途证大乐，

佛自行诸唯一友，

故此勇士求精进。

出世圣道功德具，

所有依主定思尊，

取恶趣中解脱者，

故此勇士修禅定。

智慧邪念驱黑灯，

六度妙途如眼睛，

辨别解脱存睿智，

故此勇士增智慧。

发愿为其菩提心，

伟大行者所教诲，

纵横三学和六度，

三戒[1]之中所囊括，

智慧方便双不误，

求证遍智为佛果。

我所修持菩提行，

1　三戒：佛教中的“三戒”指“戒贪”“戒痴”“戒嗔”。——译者注

积攒妙聚诸资粮，
信以为真芸芸众，
为其发愿回向后，
获得无上菩提果。
我乃成为杜鹃身，
无缘学习佛法藏，
你乘人身自由时，
遍智世尊诸教诲，
广纳闻思其修为，
学贯善知求成就。
我言虽然颇为轻，
承蒙众师赐恩典，
所见佛门诸正法，
常年思想在心中，
其中所含有意处，
你等任随接纳之。

大臣听到青颈鸟深广的教诲后，感到随喜，并如实实践。同时他皈依众多班智达，勤于闻思和修持，最终获得殊胜成就。类似的教诲甚多，然则，根据故事需要，在此描述的多为痛苦案例，虽然详略不一，但不难理解，故此供参用。

随后，青颈鸟飞到西方某个幽美的森林中，在附近的多角城里，拜见了一位名为班智达迪纳米蒂的居士。他虽出生于婆罗门族，但是个学贯五明的佛教徒。青颈鸟与他寒暄后，班智达对青颈鸟的深广学识和妙法造诣，深感敬佩，皈依在其门下，接受妙法后，道："过去我师从众多智者和瑜伽成就者，从修辞逻辑，内容详略，节奏把握，论据推理而言，我闻见过比这更好的。然而从调服我心而言，未曾遇过如此的殊胜者。无论生生世世，有缘获得你的垂怜，你的爱护，你的保佑，我将义无反顾地甘当你的奴隶，拜你为师，你将是我的国王，我的皈依处。如今我要前往北方赞尖城附近，隐居静地修空门，你有何教诲请赐予我吧！"

班智达言毕，叩拜谢恩。青颈鸟回道：

所闻诸事有意义，

善心必然阻恶道，

定念修持获甘露，

顶礼膜拜三藏法。

寡闻无明烦恼持，

我无资格祈求为，

如此深广智者你，

了却心中清净意，

暂且略表自慰之。

从事善业将产生，

内外两种魔鬼来，

外部魔鬼乃如下：

昔日我佛世尊他，
自从善发菩提心，
不分行为修持均，
获得无上硕果时，
罪孽魔鬼亦如此，
心中生起诸恶愿，
遁入空门佛弟子，
自然祸害无疑惑。
菩提道次成就前，
佯装世尊之法体，
侵占内心肆捣乱，
落下不堪卑微身。
持戒如命严格守，
有缘四众弟子前，
乔装上师法王道，
苦行永远难觉悟，
执念方获菩提心，
故此恒心求享乐，
此类谬论损持戒。

闭关定思修行者，

为其装扮本尊和，

世尊图像惑乱心，

信奉苦集灭道谛，

持念贪少知足者，

鼓吹世俗众假象，

蛊惑引你入歧途。

为人从事利他业，

起初横加必阻拦，

中间制作障碍丛，

最终落入泥潭中。

总之浊世持善心，

众多缺少大智者，

成为外部魔鬼奴，

故此诸位贤达者，

稍安勿躁格其物。

内部魔鬼为如下：

力大无穷烦恼敌，

自始至终把我们，

肆意虐待祸害之，

从无为人生利乐，

反倒苦难堆如山。

外部魔鬼之根本，

内部魔鬼所致使，

怨敌病患痛苦等，

所有不愿它来积，

信仰持戒资粮等，

所有妙汇它来毁，

昔日祸害今如此。

如今被他俘虏了，

无边痛苦如深渊，

倘若没有他为敌，

不幸成为其奴隶，

他日只怕祸更重，

除此没有下贱者。

总之被它所害处，

不是痛恨之敌人，

不是病患非妖怪，

阎王小鬼更不是，

故此把他视宿敌，

毫不留情剿灭之。

此乃形同如木偶，

不是胜者和勇者，

至此无数劫以前，

类似雕虫小技在，

谁能消灭烦恼敌。

此乃勇中之大勇，

梵天帝释法轮持，

虽获少许定思乐，

此非根本喜乐也，

这般喜乐若有意，

不断重获数不清。

但凡获得不变质，

永无痛苦频发生，

断除执念之喜乐，

此乃喜中之大乐。

故此谁能从此善，

烦恼敌要降服之，

纵使盘根和错系，

若能破除其我执，

如同枯根之树木，
不分枝叶均落下。
因此持念无我为，
洞悉无二中观[1]道，
乃其智慧精髓也。
即生仙界坠地狱，
没有此道之兵器，
如何断除无明网。
没有禅定之恒心，
智慧难以破无明，
故此隐居寂静地，
内观其心修禅定。
勇士参加战斗时，
寒光阵阵锋利剑，
剑柄不在手里握，
无法降服制对方，
殊胜禅定和智慧，
如同锋芒利剑般，
没有持戒之友军，

1 中观：大乘佛学的两大基本潮流之一，其创立人为大乘佛教思想家龙树。——译者注如同残手迎劲敌。

妙聚功德所依靠，

实乃持戒所在者，

律仪持戒其意为，

共同摒弃十恶业，

异同各有别解脱。

菩提心藏等多种，

二乘妙法[1]别解脱，

心怀出离之心愿，

不违智慧诸次第，

自此居士至觉者，

戒律如眼需保护。

清净戒律众苦谛，

究竟解脱为自趣，

若能反复修贯之，

增进善业获成绩。

不管大小二乘法，

选择其为皈依途，

1　二乘妙法：指佛教中的大乘和小乘。大乘是菩萨的法门，以救世利他为宗旨；小乘是声闻缘觉的法门，以修身自利为宗旨。若从经藏里的经本分之，四阿含等罗汉系经典为小乘，般若法华华严等菩萨系经典为大乘。——译者注

道法次第无异同，

只是个人所思和，

特别行为和修持，

发愿回向等原因，

道法案例各不同，

根据自我之心仪，

选择大小二乘法，

所道归总而言之。

内外魔鬼战场上，

为其降服切莫忘，

外部魔鬼所诱骗，

违背世尊诸经典，

属于异端和邪说，

知其要害勿盲从。

关键无明魔众等，

视如宿敌持智剑，

可以平息诸战场，

最终斩草且除根，

获得究竟胜利果。

你所选择之行为，

需要智谋做明断。

若是违背佛正法，

永远弃如口中痰；

若是吻合佛妙法，

永远把持勤修行，

未曾闻者发心愿，

勤勉努力不停息。

闻见青颈鸟深广的妙法后，班智达大悦，道：“上师青颈鸟为我赐予如此珍贵的妙法，我深信不已，且铭记在心。我的金刚法友鹦鹉桑杰增，请求你也开恩，赐予我无二教言如何？”鹦鹉桑杰增道：

殊胜无疑至尊宝，

妙聚福德皈依处，

时刻顶礼为世尊，

由衷请你保佑之。

洞悉事理智者你，

精通声明及意义，

故此我言虽愚陋，

心里所想告知你，

只是观摩其要意，

从中自然有缺憾。

难哉难哉妙法难，
佛道诸行和妙法，
天高地远无法及，
慈悲为怀世尊他，
明言所取我舍之，
所舍反而我取之，
深感惭愧我行为，
三宝因果未能信，
纵使信其渐远之。
轮回之苦闻不惧，
即初略惧往后日，
何等闻见亦如此，
遂后贪图世俗乐，
大海中的碎石片，
堆在海心难聚拢，
我的本性难容法，
纵使亲近生异端。
正如上师鸟赐教，
烦恼便成我首敌，
除此没有祸害者，

我的诸行成其友，
智慧皆成其后盾，
何故成为其模样，
恶毒我执所禁锢。
难哉难哉妙法难，
没有智慧妙法难，
道和非道难甄别，
诸事不善分轻重，
不管如何指正途，
异端邪说所蛊惑。
难哉难哉妙法难，
没有念知妙法难，
沉湎自己艰苦行，
岂料坠罪盗善资，
不堪入世裸体行。
难哉难哉妙法难，
没有勤奋妙法难，
懒惰成性诸事拖，
眷顾死神把命夺，
虚度年华一生过，

任何硕果难成就。

难哉难哉妙法难，

没有自由妙法难，

罪师孽友相伴后，

不由自主从恶业，

国王父母权势资，

无法扶你归正法。

难哉难哉妙法难，

没有资粮妙法难，

具备顺缘无心法，

欲念修法失条件，

违缘逆境重重生。

当初我等有福者，

殊胜妙法极其难，

然而洞察其本质，

或易或难自辨后，

并非正道变化者，

习惯缘起规律也。

遇到如此依怙尊，

至死不求他人救，

经常内观自我行，

此乃桑杰增之法。

大班智达随喜，并深受感化。之后，上师青颈鸟为鹦鹉桑杰增、班智达迪纳米蒂等众人，依照喇嘛智美华旦师徒的教诲和自己的领悟，宣讲了未来无量光佛时，喇嘛智美华旦和自己将投胎为比丘无垢光和比丘金光持等的本生传记。同时讲了自己和蓝嘎阿尼转生为婆罗门谢丹和洛旦的故事，自己和国王热旦转世为大象和狮子的故事，自己和色桑玛王妃投胎为蜂王扎登和蜂妃玉轧的故事，自己和大臣严谢转世为恶行世尊噶米迦鄱和下等种姓之子阿那噶的故事，自己成为大臣巴尼等诸如此类的故事。

另外还讲了不少违背师尊的罪孽，嫉妒的罪孽，怨恨的罪孽，贪图财物和享乐的罪孽，恶师蛊惑持邪见的罪孽，持戒的益处等，然恐篇幅过长，不在这里详述。总之青颈鸟同班智达迪纳米蒂一道，前往杂尖城附近的静地，为自己的所化众生，采用格律的形式吟唱的道歌如大海一样深广，只是摘用少许通俗易懂，或者当今切实需要的部分内容——第七章终。

第八章

此时，在天竺西方，贤臣益西增闭关修行时，受到本尊的指示，遂同大臣达玛和国王顿觉等众多随从，浩浩荡荡回到瓦拉纳西。他们首先遇见了法臣罗智热桑，然则他并没有认出益西增，问道："你们是何方人士？"益西增回道："我等来自西方卡其域，本国法王之罪臣，如今难却前世业，再次回到故国里。"

法臣罗智热桑知其为益西增等贤臣后，心生欢喜，连话都没有来得及回，就匆匆来到王宫，禀奏国王。国王闻讯后如获珍宝，亲至宫门迎接，一见益西增，不顾君臣礼节，紧紧拥抱了益西增，并道：

心善贤德法臣尊，

为我授惠诸恩典，

胆识过人智者你，

虽然曾经点拨我，

不肯领教降罪你。

圣母王子万般劝，

中了严谢离间计，

尔等遂被逐他乡，

为君行为真惭愧，

希望智者宽恕我，

今后拜你为我师。

益西增回道：

如法君王请听我，
你持菩提为天骄，
列宗继位大智者，
赫赫功勋无人比。
我等难阻前世业，
虽然暂被逐出国，
受于圣母之恩惠，
拜见无垢师徒尊，
真身法王金刚手，
享乐妙法如甘露，
闭关修行获成就。
此乃逐我所受恩，
故此君你为我师，
君王致歉为臣者，
恐怕世上难以寻，
法王你却甘屈尊，
王恩浩荡如天地，
罪臣岂能不释然。

国王龙颜大悦，对老臣达玛也表示了深刻的忏悔。然而老臣对国王颇有微词，禀奏道：

持法国王请听我，

今日颇为让人叹，

以前我等逐出前，

国王所说尚记乎？

智者恶人摒弃后，

略受大苦和大难，

最终不曾趋消沉，

好人天涯海角行，

没有阻碍随喜之。

老臣的言语虽不中听，然则国王宽宏大量，不拘小节，逐一寒暄一阵后，将众人迎请到王宫，设宴款待。席中益西增拜见王子，王子受到青颈鸟的预言，加之自己前世印象使然，一见益西增心中大喜，不由地合掌顶礼，而益西增看见王子后，匍匐在地，连连叩拜。然后，国王让益西增坐在绸缎包裹的金座上，祈愿道：

点亮无明如黑暗，

智慧灯火格外灿，

诸佛菩萨和佛子，

无边佛法如宝库，

顶礼至尊吾上师，

为了教化芸芸众，
化做臣子虽无辜，
示为王法受牵连。
众生救主无边智，
拜访无垢上师尊，
勤勤勉勉修佛果，
获得殊胜成就后，
为了我等业障除，
妙哉回到王国里，
今日拜你为师尊，
不吝赐予诸妙法。

益西增领受无垢上师和玛肖噶国王的教诲，知晓如今的王子不是曲吉嘎瓦，但是为了暂时保密，佯装不知，且道：

英明有志吾殿下，
圣母之子格登邦，
有缘今日再相遇，
如同圣母所预言，
恶臣加害你玉体，
瓦拉纳西众百姓，
陷入痛苦深渊中，

然则你凭真勇气，

再成百姓依靠处。

恶臣对你加害时，

可曾受过痛苦乎?

我等心善三个臣，

承蒙圣主母子佑，

拜见无垢上师尊，

聆听无双之教诲，

修行佛法获善果。

大臣达米辞人世，

我和达玛念国王，

王子殿下回故里，

今后遵从诸君命。

益西增言毕，为众君臣广施妙法。夜里，国王和大臣们歇息后，益西增和王子仍然没有睡意，王子对益西增一五一十地坦白了过去发生的一切，并说曲吉嘎瓦如今尚在林中为众鸟讲经。益西增心中虽有惋惜，但更多的是随喜。

接下来的数月里，益西增对国王父子和臣子等教授了自己所领悟的诸法。此时，国王在梦中获悉，如今王子身内已无蓝嘎阿尼的灵魂，然而究竟其人是否为曲吉嘎瓦，尚存疑虑。额来等众妃和若干内臣则认为，当初蓝嘎阿尼使换身术，将王子殿下的身体占为己有，如今可能曲吉嘎瓦已施法回到自己体内，逐出了蓝嘎阿尼的魂魄，然而，大部分内臣、外臣以及黎民百姓，从不知王子的身体被人施了法的内幕。

随后，益西增和王子商讨到林中寻访青颈鸟。正好青颈鸟亦受本尊的指令，和鹦鹉桑杰增告别林中的所化众鸟，朝故国瓦拉纳西飞去。它们俩展翅飞了一整天，黄昏时到了王宫，落在王宫里的神魂树上，装作鸣叫的凡鸟，但众人都没有留意。青颈鸟和鹦鹉桑杰增只好钻入王宫顶楼的屋檐下，歇息一夜。

第二天天一亮，它们双双飞进益西增和王子促膝谈心的寝宫里。王子面见青颈鸟后，跪拜顶礼，益西增也随之膜拜，青颈鸟道：

皈依绝世无虚者，

顶礼妙胜三宝尊，

哎嘛贤臣益西增，

行走遥远西方途，

贵身可曾遭颠沛？

心中可曾生痛苦？

无垢上师瞻仰乎？

贤德栋梁请听我，

圣母预言逐一现，

度母化身吾生母，

不久谢世格登邦，

第二天天一亮，它们双双飞进益西增和王子促膝谈心的寝宫里。

变得无依更无靠。

此后恶臣把我害，

游走荒野森林中，

然而无虚三宝和，

圣母大智保佑我，

拜见无垢师徒尊，

获得难闻诸教言。

再说我的福缘和，

师徒加持所使然，

化为无明禽类身，

能听妙法修其行，

时至今日林中游，

岂料重逢于宫中。

缘起果报真神奇，

我的好友菩提持，

利乐众生王子你，

可曾受到阻力乎？

益西增虽已看破红尘，获得殊胜成就，然则看到曾经肝胆相照的故交王子殿下曲吉嘎瓦，如今化为弱小脱毛的杜鹃身，顿时心生悲凉，泪水夺眶而出，他两手捧着青颈鸟，道：

无虚殊胜三宝贝，

融为一体上师尊，

无垢莲花所持者，

虔诚无比祈愿之。

所谓轮回之表象，

难以琢磨更无常，

心中彻底无可恋，

殿下曲吉嘎瓦你，

身为王子体若仙，

如今可怜变禽兽，

披着深蓝之羽毛，

模样实令我惊叹，

所见虚实皆不定，

仿佛心里生幻觉。

前世祈愿得灵现，

虽然化身为杜鹃，

今日耳听你语言，

心生欢喜忘悲伤。

我等心善三忠臣，

冒犯父王逐他乡，

受你母子之恩惠，

西方杂蓝达热国，

拜见化附金刚手[1]，

密持法王玛肖噶。

受其不吝垂怜后，

有幸瞻望无垢者，

喇嘛智美华旦尊，

获得广深诸教诲，

定观修持获圆满。

受到无虚三宝和，

你们母子之保佑，

身体没有受磨难，

心里未生诸痛苦。

益西增言毕，把青颈鸟举在头顶，以示欢喜和顶礼。王子合掌，对青颈鸟和鹦鹉桑杰增道：

无虚诸佛融一体，

我的上师杜鹃身，

顶礼二位师徒尊，

名为奥丹王子我，

1 金刚手：又名秘密主，藏文读音为恰那多杰，属金刚部，因手持金刚杵而得名。为大势至菩萨的忿怒化现，司大能力，亦称“大力尊”。——译者注

受到师徒之恩典，
乐意为民从善业，
不周之处尚许多。
身陷轮回寻常人，
时刻羡慕之王位，
虽获煎熬如地狱，
心生痛苦难形容，
然而二位师徒和，
贤良大臣益西增，
有幸成我皈依处。

鹦鹉桑杰增道：

今日所见真奇妙，
王子曲吉嘎瓦他，
今成飞禽杜鹃身，
王国栋梁贤臣他，
今成教派佐给装；
迦陵频迦奥丹为，
今成尊贵王子身，
哎嘛真是奇妙哉，
王子曲吉嘎瓦他，

今世所获之身躯，

好比商贾之会所，

最初曲吉嘎瓦身，

中间蓝嘎阿尼体，

今成奥丹王子尊。

血肉一贯无异化，

没有生死之蜕变，

一个躯壳逐变为，

三个人魂其占领。

让人惊叹无暇思，

焉能信赖轮回执？

有漏生命为痛苦，

有空诸法为无常。

益西增非常惊讶，对其心生信念。青颈鸟道：“我想叩拜父王和老臣达玛，可否请来？”

王子命人安排妥当后，众人相聚一起，奥丹王子对父王禀奏道：“陛下，您的王子曲吉嘎瓦，乃是这只杜鹃也。”国王惊诧之余，有些怀疑，青颈鸟又道：

哎嘛持法父王尊，

殊胜三宝皈依者，

陛下不曾记我乎，

我乃当属你王子，
曲吉嘎瓦格登邦，
以前散步林苑中，
不慎河边去游玩，
朋友使用换身术，
落为飞禽之模样。
然而如今你王子，
瓦拉纳西国王他，
菩提萨埵所化身，
为了消除你悲伤，
逐出恶臣之魂魄，
化为王子之躯壳，
知乎我的父王尊？

国王看见曾经英俊潇洒的王子曲吉嘎瓦，变成一只弱不禁风、其貌不扬的杜鹃，立刻想起王子曲吉嘎瓦过去的英容和贤良美德，突然昏厥过去了。众人悲悲切切，扶着国王，设法让其醒悟。国王醒悟后，不顾国君的尊严和体面，嚎啕大哭，并将额头顶在杜鹃的头顶说道：

业障深重父王我，
心胸偏狭入歧途，
不听圣母忠臣计，

凶煞恶人封儿臣，

如今后悔把肠青。

我的心肝宝贝尊，

英姿焕发王子你，

今变弱小杜鹃身，

我心疼痛如刀割，

无宫无妃无随从，

没有享乐无遮衣，

孤身一人陷林中，

爱子如何度过来，

你在荒野老林中，

受尽人间诸磨难。

我在王国宫殿里，

执迷荣华和富贵，

粗鄙行径似发狂，

贪得无厌如畜生，

如今圣母何处在，

难道本王做梦乎？

国王宛如孩童，使着性子，啼哭不止。为了宽慰父王，青颈鸟道：

恩典持法父王您，
稍抑悲伤请听我。
不是父王存偏狭，
此乃我的前世业，
虽为弱小杜鹃身，
内在心智人无别。
故此没有生痛苦，
获得暇满人身者，
无明把其俘虏后，
不辨黑白造恶业，
暇满人身有何用？
我虽身在幽林中，
只为善友众禽兽，
传授出离之妙法，
故此不曾感苦楚。
知恩图报善从者，
勤勉致以妙途中，
坚决入定无邪行，
如此随众值崇尚。
为人厚道遭暗算，

为人尖刻反拥护，
利己损人持恶众，
尊贵人身我不要。
驱散无明黑暗身，
为其装扮妙法智，
所依获得无漏乐，
妙智妃子我愿伴。
反而起初博人笑，
长久相处似女魔，
为其相伴长五毒，
此乃不是好妃子。
知耻贤惠如衣装，
披在谁身能持戒，
所有装扮受供养，
如此盛装动我心。
不同执念虽汇聚，
只为皮肉获享乐，
来世没有任何益，
锦绣绸缎不羡慕。
虽然我为杜鹃身，

皈依尊师闻大乘，

不忘修持如我意，

贪少知足归简朴，

此乃无上之喜乐。

只是我获诸喜乐，

不能拿与父共享，

曲吉嘎瓦何谈孝，

青颈鸟我何谈忠？

青颈鸟的宽慰之言，未能减少国王的痛苦，国王仍然啼哭不止。而后在益西增和奥丹王子的劝解下，其情绪才略有缓和。然而，国王不时回顾往事，仍自言自语，甚为悲伤。青颈鸟面见了额来王妃和法臣达玛等诸大臣，他们非常高兴有缘再见到王子曲吉嘎瓦。然而见其身已换为可怜的杜鹃，不禁悲从中来，各自默默垂泪。

此时青颈鸟和益西增等想，国王虽遭懊悔的折磨，但都是利众的需要，故此没有徒增悲伤。因为喇嘛智美华旦曾经预言说，等时机成熟，自己将莅临瓦拉纳西王国。于是为了邀请喇嘛智美华旦尊者，瓦拉纳西王国的君臣百姓连续七天七夜不停地祈祷，在第八天早晨，碧蓝的空中架起一道彩虹，尊者化身为比丘金刚持摸样，率领持明随众从天降到瓦拉纳西。

王宫内外，早已点燃各种名贵的香料，在乐器的弹奏声中，尊者被迎请到铺满绸缎的金座上。益西增为首，青颈鸟和鹦鹉桑杰增、国君父子等七人，异口同声祈愿道：

极乐净土无量佛，
娑婆世界释迦尊，
普陀山主持白莲，
诸佛菩萨无数个，
融为一体上师宝，
顶礼无垢师尊足。
我等瓦拉纳西众，
前世业力不可阻，
有人游走他人乡，
有人客居在王国，
有人变禽落荒野，
所有经历如梦幻，
正如您所领悟样。
今日在此都相逢，
有幸拜见佛真身，
诚请救主您垂怜，
恩典如海永远救。
从今我等受难众，
深渊妙法不吝赐，

尚未获得佛果前，
究竟依靠唯有您，
永远不弃保佑之。

喇嘛智美华旦闻后，面露喜色，殊胜庄严的法体上光芒四射。他双手结说法印，讲道：

远离业障具福德，
无虚救主如来者，
妙法宝贝僧伽众，
永远心诚我顶礼。
人世万物如梦幻，
各种痛苦频频生，
所有众生都如此，
须知其中欺骗性。
诸行无常如水流，
执念享乐似梦境，
往生孤独临走时，
亲朋家眷无人陪。
我执如影时相伴，
善恶分于自己行，
恶业致你陷地狱，

万般痛苦自然生，

利生方能绝恶道。

此生痛苦虽式微，

倘若产生出离心，

生在恶道芸芸众，

如何离苦得乐乎？

获得暇满人身时，

没有致力究竟业，

此乃愚顽生他道，

后悔莫及如王子，

宛如曲吉嘎瓦身。

孰救三道为三宝，

虔诚皈依勤修持，

顶礼上师视真佛，

为此获得如来救。

远离恶业重善业，

旷日成就究竟道，

敬重清净金刚友，

为此至尊垂怜之。

善恶自有其规律，

即使父母上师尊，
不能为此做恶业，
恶果自尝他人不。
执念不可均信赖，
贪得无厌乃本性，
人世享乐如梦幻，
羡慕不如出离心。
所有衰败无明生，
执我陷入黑暗中，
认清轮回其本质，
此生追求究竟果。

喇嘛智美华旦用格律词句讲完无上教言后，最后补充道：

诸位王臣请听我，
我等福缘真不浅，
无数世中为师徒，
将来未获佛果前，
我将不弃保佑之。

顿时，国王内心的悲伤被随喜和欢乐取代。随后的五昼夜里，喇嘛智美华旦普降妙法的甘露，入密宗坛城，发誓生生世世守护金刚誓言，期间本尊频繁显灵，还降服了诸多护法神，上师的加持和殊胜功德，无可估量，难以言说。

在这吉祥殊胜的时刻，青颈鸟道：“三世诸佛本质为，融化一体上师尊，为了父王为首的众王臣增加信念，以前我等前往金刚坟墓时，您对我等的预言，投胎天竺东方和未来雪域等地的各种功勋伟业，可否重新再说道一遍？”

喇嘛智美华旦用手朝天打了一个手势，突然一个黛绿色的仙姑从空中翩翩而降，上师对其道：“你替我为他们预言之。”仙姑道：

哎嘛诸佛化真身，

受到上师之御命，

为了尔等有福者，

所闻预言如实道。

青颈鸟和益西增，

曾经西方天葬墓，

以及卡其国域内，

已经有所授闻过，

为了国王及王臣，

特意再次道一遍，

不过亦有新内容。

之后，仙姑对众人未来投胎的地域、时间做了逐一的预言。尤其国王、青颈鸟、益西增、鹦鹉桑杰增、奥丹王子、顿觉、额来妃子以及其他相关人和动物的来世，做了详尽的预言。其内容虽有差异，但基本上一致。对于这些今人无论笃信还是存疑，没什么可说的，故此这里省略。

随后，在王臣们的祈愿声中，喇嘛智美华旦腾空驾云而去。至此，青颈鸟也要启程重回林中。临别时，青颈鸟讲道：

王臣父子请听我，
我们前世存福缘，
重逢瓦拉纳西城，
拜见无垢上师尊，
不止祈愿获善根，
此等福分无人及。
如今我要回林中，
所化众鸟思念我，
国君父子益西增，
诸位大臣请记住，
今后余生未必见，
正如上师所预言，
来世我等再相逢。

国王舍不得，于是劝道：

心肝王子请听我，
你我分别诸痛苦，
如同鱼儿离河水，
难得获得重相逢，

今日又别岂能舍？

当今贤良王子他，

我陷痛苦之状时，

降服恶臣除心患。

瓦拉纳西百姓中，

如日中天具恩德，

不能换化为其身。

速寻英俊年轻者，

换化成为其身子，

禽兽躯壳放弃后，

二位共治我江山。

青颈鸟道：

父王请您听我说，

无垢上师师徒和，

圣母曾经预言我，

今生无缘登王位，

儿我不能留此地，

父王请您勿悲伤。

当今王子为我友，

观音化身众生救，

无垢上师之心徒，

诸佛眼里无垢者，

极乐净土称其为，

无垢王子人人尊，

未来雪域成国君，

名为薛尼尖参者，

宏图利生诸事业，

比我殊胜请甄别。

马头金刚之化身，

忠君法臣益西增，

无可思量成就者，

将成父王皈依处。

青颈鸟言毕，抖动一下翅膀，又补充道：

无论祈愿和跪拜，

世尊觉者所传授，

教诲国君之格言，

记在心中勤实践。

国王又道：

再次听我宝贝儿，

若要杜鹃之身躯，

传授妙法于众鸟，

留在王宫园林中，

壮丽阁楼之中间，

可否授于妙法乎？

若是执意要离开，

不管你飞何处去，

我也随后跟上来。

国王像个孩童，龙体略躬，使出性子劝阻青颈鸟。奥丹王子苦苦劝说，仍不愿改变其意。于是益西增道：

国君父子听我说，

青颈鸟的利生业，

就在林间百鸟中，

曾经不听母子劝，

受尽痛苦忘记乎，

无垢上师之预言，

毫不顾及焉能舍？

国王思虑片刻后，不再赘言，只好将青颈鸟放走。青颈鸟和鹦鹉桑杰增展翅飞到空中，频频回首，愈变愈小，最后消失在肉眼看不见的天际。骨肉离别之苦，让国王极为难过，以至潸然泪下。但是面对群臣，国王强作镇静，祈愿道：

无虚殊胜三宝尊，

国王思虑片刻后，不再赘言，只好将青颈鸟放走。青颈鸟和鹦鹉桑杰增展翅飞到空中，频频回首，愈变愈小，最后消失在肉眼看不见的天际。骨肉离别之苦，让国王极为难过，以至潸然泪下。

无垢上师之善根。

我的心肝宝贝儿，

回到荒野林中时，

身上冷热无恙及，

言教众鸟获佛果，

心中垂怜父子心，

生生世世再相逢。

国王祈愿后，匍匐在地，朝着青颈鸟飞走的方向，诚心叩拜。此时瓦拉纳西王国众外臣和百姓，尚不知王子曲吉嘎瓦换为杜鹃身，又回到瓦拉纳西的所有经过。而持法国王，此后常年以修行佛法度日。贤臣益西增被国君父子供养后，在瓦拉纳西王宫附近修筑茅屋，整日修炼瑜伽妙法，获得圆满成就，最终在各种神奇的瑞祥中，驾鹤西去。王子遵循佛法，治理江山，育有两个小王子，长子名为赞丹，幼子名为唯色果恰，后者出家为僧。瓦拉纳西城里的百姓也过上了幸福安康的生活。相聚于瓦拉纳西、拜见喇嘛智美华旦并获得预言等内容——第八章终。

第九章

青颈鸟和鹦鹉桑杰增回到林中，与众鸟寒暄，讲经布道。一年后的某一天，空中出现一白色仙子和两位蓝白仙姑，异口同声道：

请您听我青颈鸟，

此生诸业已了却，

可以放弃杜鹃身，

投胎天竺之西方，

今日特此我来劝，

速速完成此使命。

青颈鸟也知道自己余日不多，便对众鸟道："林中众鸟请听我，如来佛祖投胎凡体，为他人转法轮非常难得，然则我等没有福缘，未曾亲眼目睹真佛的法身，好在其诞生、圆寂、讲经的圣地尚存于人间，我等可以前往朝圣。"众鸟随喜，并愿同往，于是青颈鸟带着众鸟飞到金刚座，瞻仰菩提塔，礼赞世尊的功业。随后，朝圣至广严城、王舍城、鹿野苑等佛教圣地，又飞到北方，缅怀如来佛的恩典和殊业，心生无比信念。随后来到赞尖城附近，在名为迪夏巴尼的地方给曾经受过自己教诲的班智达迪纳米蒂授予妙法。更是为众鸟等讲述自己的出生、遭遇，乃至利乐众生的本生记，班智达迪纳米蒂等深受感动，并坚定了出离心。

班智达迪纳米蒂道："我的上师青颈鸟啊！您的本生记非常奇妙，可以让轮回中的众生产生出离心。远古娑婆世界初具雏形时，鸟类和众畜生都能说人言，并且可以接受妙法，而今浊世，已经很难如此，故此我想把您的本生记记录在案，让后人传阅，请您恩准！”

青颈鸟道：“智者啊！请听我，你能如此，当然甚好。然而喇嘛智美华旦曾预言曰，他将频繁投胎至北方雪域。尤其从今几百年后，藏地将诞生他的一个化身，此人聪明过人，心怀大志，善于纵横，其名为桑杰桑布。源于今世祈愿和受喇嘛智美华旦的加持，届时我的本生记，频频浮现在此人的脑海里。他用生动详实的文字记录下来，教化他人，从而为众生的出离心和究竟解脱成就卓越的功业。若因各种缘由，此人未能记录。若干世以后，有个名为罗智桑布或者达普瓦尖参的，其人本性贤善，能记忆往世，同样受到尊者的恩典和加持，将我的本生记用文字记录下来。此文，将不会趋于繁琐，亦不会拘泥于简约。就篇幅而言，不多不少，中等分量，对于众生的利乐而言，也有中等贡献。若因各种缘由，此人未能记录我的本生记，一世以后，有个名为热纳的本性凶煞、多行不义的人，和以往为瓦拉纳西国王子妃色桑玛、如今成为瑜伽空行母的向曲桑姆，她投胎为一个名为索南的女儿身，二人同样受到尊者的恩典和加持，二者商议后，将我的本生记用文字记录下来。此文将非常简略，只对少数众生略有益处。故此，如今我的本生记不适合用文字记录。不过，无论我的本生记是何种版本，若能修菩提果，炼出离心，哪怕心生微小的信力，都等同于我的祈愿，将获得喇嘛智美华旦师徒和圣母的垂怜加持。同样抄录、传阅和念思我的本生记，不仅成就殊胜利乐，并且将获得我的祈愿和保佑。”班智达迪纳米蒂闻后，惊叹之余，深感殊胜。于是祈愿数世以后，能亲眼目睹尊者的本生记，并受其加持。随后林中的禽兽都纷纷祈愿，来世投胎雪域，闻见青颈鸟的本生记。

青颈鸟一行离开班智达迪纳米蒂后，继续往北，飞到了天竺和门巴边疆。在萨日达山上的一株大树下，青颈鸟为众鸟讲经时，突觉身体不适，似生病患，并且逐渐加重。鹦鹉桑杰增等众鸟祈愿道：

为了教化无明禽，
实为王子杜鹃身，
我等救主青颈鸟，
请您垂怜无依者，
生死疲劳之本相，
今日示以我们看，
求您从中解脱后，
继续传授诸妙法。
前世业障今生禽，
受您恩惠知取舍，
如今您要辞人世，
我等瞎眼和耳聋，
心无方向陷黑暗，

请您不吝赐垂怜。

青颈鸟把翅膀回掩在身上，以表病患加重之状，并且右胁而卧道：

利乐源泉三宝尊，
无垢师徒师母等，
保佑我和众禽兽，
已成挚友众鸟类。
今日你们请听我，
诸法无常终究故，
生在轮回必然死，
我已陷入死神手，
谁也无法夺回来。
恐怖狱司如屠夫，
病老之余夺你命，
可怕死神如天雷，
生死之间悄然至，
变成巨人无法抗，
化成疾风难以逃。
死神不期而遇时，
荣华富贵诸享乐，
亲朋好友等亲眷，

毫无益处带不走，

唯有妙法可信赖。

看到今日我遭遇，

请记尔等也有份，

自幼投胎王子身，

不慎成为杜鹃躯，

游荡荒山野林时，

顶礼尊师修妙法，

心生感念获成就，

视死如归莫悲伤，

禽兽不分尊和卑，

善心相待授妙法，

如母众生为一体，

视死如归请节哀，

死后法界……

青颈鸟的声音逐渐变得微弱，最终安详地涅槃。顿时众鸟围在青颈鸟的尸体边，悲号不止。此时，有个猎人发现了这一奇景，他赶走众鸟，把杜鹃的死尸带到王国敬献给当时的国王，并如实禀奏神奇之见闻。

王国正在闹瘟疫，国王特意在王城街道上打造了一个木座，把杜鹃的死尸请到了木座上，顿时天降祥瑞，驱走了王国的瘟疫。脱离瘟疫的百姓纷纷前来瞻仰和祭奠，王国获得太平盛世。

为了免除大家心中的悲伤，鹦鹉桑杰增召集众鸟，并道：

无虚殊胜之三宝，
至尊上师青颈鸟，
顶礼膜拜赐垂怜，
驱赶黑暗之痛苦。
在座众鸟请听我，
有为诸法乃无常，
陷入轮回如苦海，
聚散不定无可信，
今日有聚他日散，
恩怨不分无定数，
今日有恩他日怨。
贪念有漏之肉体，
产生痛苦之源泉，
尚未从中脱离前，
生老病死永不断。
再次听我众鸟类，
佛陀声闻等诸位，
归于寂静已涅槃，

普通众生何需说？

究竟无生和无死，

无病无老无业力，

缘起皆为性空也，

虚幻痛苦何必生？

故修不二菩提心，

师尊心愿获圆满。

众鸟闻此，心中的悲伤稍有缓和，于是杜鹃、孔雀、鹦鹉、嘉陵频迦、热轧、黄野鸭、海鸥等不同的禽类，纷纷回到水陆、树木、岩山等各自不同的栖息地，将青颈鸟和鹦鹉桑杰增所赐予的妙法，推广至更多的禽类，将殊胜妙法发扬光大。最终有些往生极乐净土，有些生在三十三层忉利天[1]，有些获得暇满人身，总之受恩于至高无上的善法，获得了暂时或者究竟的佛果。鹦鹉桑杰增同四个随从杜鹃，在林中度日，不久谢世涅槃。最终归于殊胜涅槃的内容——第九章终。

1　忉利天：英文为 Trayastrimsa，汉译为“三十三天”，以有三十三个天国而得名。——译者注

后记

《青颈鸟传奇》已经全部撰写完成，其内容是笔者根据素日所思所悟撰写而成，采用的修辞多为韵体和散体。而部分散体的内容，根据文体的需要，采用了格言体撰写而成，有些内容则随意发挥，其目的为通俗易懂、雅俗共赏。

无数劫前已成佛，
隐入法界获自如，
不吝他人赐垂怜，
芸芸众生救主尊，
智美喇嘛诸师徒，
虔诚无比顶礼之。
愚我心间花蕊中，
永驻不离得加持。
尘世虽获暇满身，
拥有权势和财物，
毫无意义其内容。
演义之说青颈鸟，
传记不论怎么样，
我方不净如臭水，
有人视如甘露般。
他方格言如月光，
有人视如火焰般，

心生嫉妒无见闻，

奈何今人多如此，

无故妄附他人言！

逻辑严密之推理，

言辞难令其满足，

即便通达之智者，

崇尚至尊王传记，

极少博览度年华，

轻视妙法此浊世，

诸佛菩萨等功记，

遭遇漠然之厄运，

何况青颈鸟传记。

然而部分有缘者，

从中感悟获悲悯，

心中略生诸善念，

今世功德无可量，

故此我也乘良机，

不辞劳累和辛酸，

断续撰写本传记。

攀比声望贪如毒，

自鸣得意虚似虹，

胡编乱造假如戏，

不良动机虽然无，

难免存在谬误处，

呈上至尊阅者前，

从而获得诸善资，

祈愿众生渡彼岸。

总体而言，此等著述，于世人益处不多，不应提倡，但是正如文中所预言的那样，兴许命中注定，我已经到了该撰写《青颈鸟传奇》的年岁。故此，自十一岁开始，故事的原貌频频出现在我的记忆里，不吐不快。同时，冥冥之中，受人托梦，只好给身边的人反复口述，承蒙噶吉益西桑布敦促我早日记录并撰写；正欲撰写之时，受到了很多生世赐恩保佑我的根本上师索南益西尊者委托。加之在噶吉益西罗桑南卓和加木央塔辛等的不断敦促下，此传记虽早已提笔撰述，但完稿却是在藏历火蛇年良辰吉日于雪域智者聚拢的中心哲蚌寺永胜刹土，作者为佛门弟子玛蒂尔玛。如此秘而不宣，只因若遇到不信及其持邪见者，生恐不利金刚持戒。

愿一切吉祥！

图书在版编目（CIP）数据

青颈鸟传奇 /（清）达普巴·洛桑登白坚赞著；觉乃·云才让译．
—拉萨：西藏藏文古籍出版社，2019.10
ISBN 978-7-5700-0301-3

Ⅰ．①青… Ⅱ．①达… ②觉… Ⅲ．①古典小说－中国－清代 Ⅳ．①I242.4

中国版本图书馆 CIP 数据核字（2019）第 116042 号

青颈鸟传奇

作　　者　（清）达普巴·洛桑登白坚赞
译　　者　觉乃·云才让
责任编辑　郭晓斐　马道旦
封面设计　友　宜
插　　图　王　以
出　　版　西藏藏文古籍出版社（拉萨市色拉路 22 号）邮编：850000
　　　　　第二编辑部（北京）：北京市东土城路 8 号林达大厦 A 座 13 层
　　　　　邮编：100013　电话：010-64466847　010-64462318
　　　　　打击盗版：0891-6649998　13908990085
印　　刷　北京盛通印刷股份有限公司
经　　销　全国新华书店
开　　本　32 开（850mm×1168mm）
印　　张　12.5
字　　数　248 千
印　　数　1—3000
版　　次　2019 年 10 月第 1 版
印　　次　2020 年 4 月第 1 次印刷
标准书号　ISBN 978-7-5700-0301-3
定　　价　45.00 元